カササギたちの四季

道尾秀介

光 文 社

目次

春

鵲《かささぎ》の橋

（一）

軽トラの運転席を降りると、駐車場の片隅に咲いた沈丁花《じんちょうげ》が甘酸っぱく香った。よく晴れた月曜日の午後三時。ここ一週間ばかりやけに寒い日がつづいていたが、今日はぽかぽかと暖かい。空気は澄み渡り、木々の梢で鳥がさえずり、風は穏やかで、財布には金がない。

「ヤクザ和尚《おしょう》め……」

軽トラの荷台を振り返り、僕はあらためて溜息をついた。

荷台には桐の簞笥《たんす》が一棹《さお》、ロープで固定されている。店から車で三十分の場所にある黄豊寺《おうほうじ》の住職に、たったいま売りつけられてきたものだ。表面に細かい傷がついていたり、親戚の子供が貼ったというシールの跡が残っていたり、裏側に雪景色のごとく白カビが生えてしまっていたりして、それはとても他人が再利用したくなるような代物《しろもの》ではなかった。粗大ゴミとして捨てる手間や費用を嫌い、住職が僕を呼びつけたのは明らかだった。

――これは……ちょっと買い取れないです。

なるべく穏やかに僕が言うと、ヒールのプロレスラーのような容貌の住職は「何でも買い取ります」というチラシの一文を引き合いに出して激高した。

——じゃああの……五百円くらいでどうでしょう。

そう提案してみたら、今度はチラシの「高く買って安く売る」という一文を挙げて僕を睨《にら》みつけた。

やがてその目がだんだんと細められていき、傷んだ鱈子《たらこ》のような唇の両端がじわじわと持ち上がっていき、住職は太い人差し指を一本立てると、地獄の底から湧き出すような声で、一万円という信じがたい額を提示した。長時間におよぶ折衝《せつしよう》のあと、買い取り価格七千円でとうとう僕は首を縦に振ってしまい、にんまりと七枚の千円札を作務衣《さむえ》のポケットにねじ込む住職を尻目に、この無価値な箪笥を一人で必死に軽トラの荷台へ積み上げて寺をあとにしてきたのだった。

「とりあえず、倉庫に押し込んどくか……」

荷台から箪笥を降ろし、倉庫まで運ぼうと試みた。

が、無理だった。駐車場と店の倉庫は隣り合っているのだが、倉庫の入り口が駐車場の反対側に設けられているため、けっこう距離があるのだ。

途中で力尽きた僕は、仕方なく箪笥を道路脇に放置すると、両腕をさすりながら倉庫へと入っていった。入り口には店の看板が掲げられている。

『リサイクルショップ・カササギ』

「帰ったよ」

ティーカップのセット、スリッパ立て、インクジェットプリンタ、ライティングデスク、『北斗の拳』、子供用トランポリン、『タッチ』、家庭用空気清浄機。僕たちはここを倉庫と呼んでいるが、本来は売り物をディスプレイするためのスペースだ。いや本来というか、依然としてその用途に変わりはないのだけど、商品が売れないために在庫がどんどん数を増し、いまではまさに倉庫と呼ぶにふさわしい場所になっているのだった。

「おうい華沙々木《かささぎ》——箪笥を運ぶの手伝ってくれないか？」

奥にある梯子《はしご》を上って二階の事務所を覗《のぞ》くと、華沙々木丈助《じょうすけ》の姿はそこになく、かわりに奥のソファーで、ジーンズ、パーカー、ショートカットの女の子がポッキーを食べていた。

「日暮《ひぐらし》さん、また下手な商売してきたんでしょ」

日暮というのは僕のことで、日暮正生《まさお》、二十八歳。従業員総勢二名のこの店で副店長を務めている。

「帰ってきたときの声ですぐわかるわ。『ああ僕はまた呆《あき》れられるようなことをしてしまった。でもじつはけっこう大変なやりとりがあって疲労困憊《こんぱい》してるから、呆れるのならなるべくお手柔らかに呆れて欲しい』

「菜美《なみ》ちゃん、来てたの」

彼女は南見《みなみ》菜美。嘘のような名前だけど、これには深い理由《わけ》がある。

「ポッキー食べる？」

「僕はいい」

「食べなよ、はい」

「ありがとう。華沙々木は？　上？」

この事務所のさらに上は屋根裏部屋になっていて、そこが僕と華沙々木が共同で使っている生活スペースだった。

「ううん、トイレ」

ちょうどそのときジャーと水を流す音がして、トイレから細長い男が出てきた。くたびれたジーンズに、色褪《いろあ》せたスヌーピーのトレーナー。肘に穴が開き、そこから生《なま》っ白《ちろ》い肌が覗いている。片手で洋書をひらき、痩せた顔をほとんど紙面にくっつけるようにして、彼は文字を睨んでいた。手ずれのした表紙には金文字で"Murphy's Low"とある。

「ヤングの非生物の移動の法則……『動かないものでも、ちょうど邪魔になるところまでは移動できる』……なるほど」

「またそれ読んでるのか」

彼は本から顔を上げ、薄い眉をしきりにひくひくさせながら言った。

『マーフィーの法則』は何度読んでも学ぶべきものが尽きない。この世に存在するすべての失敗例、それが様々な分野における才人たちの言葉によって完璧に網羅されているのがこの本だ。人生において失敗をしないためには、まず失敗とは何かを知り尽くす必要があるんだよ、日暮くん」

というのはもう何べんも聞いた台詞《せりふ》で、僕は言葉の途中からいっしょに口を動かせるほどだった。

自動車の短いクラクションが聞こえ、菜美が窓の外を覗いた。

中年の男性が道路から何か声を飛ばしているようだ。

「あ、すいません、すぐ移動させます。――ねえ、タクシーの運転手さんが怒ってるよ。日暮さんが中途半端なとこに置いた箪笥が邪魔だって」

ほら！　という顔で華沙々木がこちらを向き、手にした"Murphy's Low"を指さして、自分でもびっくりしたように目と口をあけた。

「偶然だろ」

僕はふたたび梯子を下りていった。

「箪笥を動かすから、二人とも手伝ってくれよ」

僕と華沙々木は、さいたま市の外れにあるこのリサイクルショップ・カササギの屋根裏部屋で共同生活を営んでいる。開業二年。同居二年。店の赤字状態も二年間継続中だ。

「そんなに払ったのかい？　これに？」

簞笥を倉庫の奥へと運びながら、華沙々木は両目をひん剝《む》いた。

「仕方がなかったんだよ……どうしても五千円で買い取れって脅されて」

「しかし、いくら何でも五千円は払いすぎだろう」

華沙々木には、この簞笥は五千円で買い取ったと説明したのだ。あのヤクザ和尚には七千円支払ったが、買い取り伝票には￥5,000と記入してある。差額の二千円は僕のポケットマネーだった。この簞笥に七千円支払ったなんて、とてもじゃないが恥ずかしくて打ち明ける自信がなく、伝票を改竄《かいざん》したのだ。しかし、五千円でもここまで呆れられるのであれば、どうせならちゃんと￥7,000と書けばよかった。

「これは日暮くんの腕の見せ所かもしれないね。最低でも——そうだな、七千円くらいで売れる商品に変えてくれないと」

「うん、まあやってみるよ」

「腕の見せ所」の「腕」というのは、買い取った商品に対するリペア技術のことだ。卒業した美大での経験から、僕は古い商品を新しく見せたり、あるいは新しい商品に古色を加えて年代物に見せたりといったことが、ある程度できる。そもそも僕が華沙々木に目をつけられ、この商売に引っ張り込まれたのも、そのためなのだった。

「日暮さん、ちょい右。華沙々木さん、もう少しゆっくり」

ごたごたと商品の並んだ倉庫の中を、菜美が僕たちを先導していく。

彼女がここへ出入りするようになったのは半年ほど前のことだ。ある複雑な出来事が彼女を襲い、それを華沙々木が見事解決し――それが僕たちと菜美との出会いだった。以来、彼女は暇さえあればこの店へやってきて、持参したポッキーを食べたり、知恵の輪をひねくったり、華沙々木の横顔をじっと眺めたりしている。

これまで何度、ばらしてやろうと思ったことだろう。あのとき彼女を救ってやったのは、じつは華沙々木ではなく僕だったのだということを。彼女は華沙々木を天才だと思い込み、華沙々木もまた自分を天才だと思い込んでいるようだが、それはどちらもまったくの間違いなのだ。僕が細工をしなければ、あの出来事は収拾がつかなかった。菜美だって救われなかったし、華沙々木だってただの間抜けなにわか探偵で終わっていたはずだ。

「日暮さん、角ぶつけるよ、ほら」

「うん」

が、いまだ僕はその事実を言えずにいる。菜美を落胆させたくないのだ。「天才・華沙々木」がいるからこそ、彼女はこうして明るく生きていける。

箪笥を運びながら、何気なく倉庫の入り口に目を向けていると、小さな人影が見えた。男の子だ。

「いらっしゃい」

声をかけると、少年はおずおずと倉庫へ入ってきた。小学校——三年生くらいだろうか？買い物客にしてはちょっと珍しい。

「どうぞ。店の中、適当に見ていいよ」

色白で線の細い、なんだか病弱そうな子だった。私立の制服らしい濃紺の半ズボンに、白いワイシャツ。切り揃えられた前髪の下で、顔が人形のように固まっている。気弱な目が、僕、華沙々木、菜美を順繰りに見た。

「何か買いに来たんじゃないの？」

「あ、え」

倉庫の奥にあるリペア用の作業スペースに箪笥を下ろし、少年に近づいていくと、彼は僕の顔を見上げて、は、は、は、と言った。

「は？」

「ハンカチを落としたんです」

やっと喋った。一度喋り出すと、あとは早口で澱《よど》みがなかった。

「何日か前のことでした。僕は——」

この店にやってきたのだという。家で飼っているベロという犬にあげるドッグフードを探してのことだったらしい。その日はベロが生まれてちょうど一年だったので、彼は誕生日プレゼントを買って帰ろうとした。しかし店内にドッグフードは置いておらず、仕方なしに手ぶらで帰宅したが、あとになってポケットに入れていたハンカチがなくなっていることに気がついた。この店で汗を拭《ふ》いた憶えがあるから、きっとここで落としたのだろう。だから今日、そのハンカチを捜しにやってきたのだ。――それだけのことを、直立不動のまま、わずか十五秒ほどのあいだで説明すると、少年は僕の言葉を待つように小さな顎《あご》をそらした。

「じゃあ、ええと……捜していいよ。どうぞ」

少年はこくりと一回頷《うなず》いて、腰を屈《かが》め、そこらじゅうを徘徊《はいかい》しはじめた。ひどく真剣な顔つきだった。

「怪しいな……」

華沙々木が呟《つぶや》いた。

「怪しいわね……」

菜美も呟いた。

「あの子、嘘ついてるわ」

そう――どう考えても少年は嘘をついていた。

「ドッグフードを買おうと思って来たっていうのはよかったかもしれないわね。だってああいう嘘をつくのなら、実際にこのお店で売っていないものじゃないとまずいもの。たとえばバットとかボールなら、このお店に置いてあるかもしれないから、『あれ、でもきみはそれを買っていかなかったよね。売った憶えがないんだけど？』なんてことになっちゃうでしょ。そしたら本当はここへ買い物に来てなんていないってことがばれちゃう。その点ドッグフードなら、リサイクルショップにはまず置いてないものね。なかなか上手いわ、あの子」

　菜美の言うとおりだった。付け加えるなら、一週間ほど前から昨日まで寒い日がつづいていたので、この店内で汗をかいたというのも不自然だ。

「ねえ、あたし思うんだけど、あの子ひょっとして――」

　つぎに口にする台詞を印象づけるためか、菜美は数秒言葉を切ってからつづけた。

「例の『ブロンズ像放火未遂事件』の犯人なんじゃないかしら」

（二）

「ブロンズ像放火未遂事件」とは、こうだ。

　二日前の土曜日の朝。僕は事務所で朝食のあんぱんを食べ、華沙々木にコーヒーを淹《い》れてやり、彼がそうすることを好むのであんぱんを電子レンジで温めてやってから、倉庫のシャッターを開けようとここへ降りてきた。

　すると、そのシャッターはすでに開いていた。

　夜のうちに何者かが侵入したのは明らかだった。内側でシャッターを押さえていたはずのコンクリートブロックが、横倒しになっていたからだ。この倉庫のシャッターは、開業してすぐに華沙々木が鍵を失くしてしまったため、そのへんで拾ってきたブロックで内側から押さえつけて毎晩施錠《せじょう》していた。もちろんそれではぜんぜん施錠とは呼べないのだが、とにかく僕たちはその行為を施錠と呼んでいた。

侵入された形跡を発見した僕は、すぐに華沙々木を呼んだ。僕たちは二人して倉庫の商品をチェックしはじめた。が、よくわからなかった。とにかく物が多いため、何がなくなっているのか、いないのか、はっきりしないのだ。ほとんど無意味な点検をしていた僕たちは、しかしわりとすぐに、侵入者の目的は盗みではなかったのではないかという疑いを抱くこととなった。

――これは放火未遂に違いない！

華沙々木は断言した。まさにそう推理するに足る証拠が、倉庫内に残されていたのだ。半分焼けた新聞紙の束。マッチの燃えかすが二本。

幸いにして火が燃え広がることはなかった。焼けた新聞紙の束が置かれていたのは、倉庫の隅の、比較的商品が混み入っていない場所だったからだ。ただ、新聞紙はそこにあった一体のブロンズ像の台座に寄せるようにして置かれており、鳥が翼を広げた恰好のその像は、木製の台座がひどく焦《こ》げてしまっていた。像にはすでに購入の予約が入っていて、僕が台座に「売約済」の短冊を貼っておいたのだが、その短冊も燃えてしまったらしい。きな臭さは残っていなかったから、事が行われたのは僕たちが就寝してそれほど経っていない頃だったのだろう。

生々しい犯行の跡を、華沙々木は長いこと見下ろしていた。まるで頭の中で、絡《から》まり合った無数の糸を解きほぐしているかのように。そしてあるときサッと顔を上げてこう言ったのだ。

——犯人の目的は倉庫への放火ではなく、おそらくこのブロンズ像そのものだったに違いない！

まあそうだろうなと、僕は思った。

——だからこんな場所で新聞紙に火をつけたんだ。ほかの商品に燃え広がる心配がなく、かつブロンズ像には確実に火のダメージを与えることができる、この場所でね。

——でも、何でブロンズ像に火のダメージを？

——それはもう少し待ってくれ、日暮くん。あと一歩なんだ。あと一歩でチェ、、、ック、、、メイト、、、なんだ。

「あと一歩」というのは華沙々木が何もアイデアを思いつかないときの口癖だということを僕は知っていたし、そもそもこういったことはプロフェッショナルに任せたほうがいいので、早いとこ警察に報《しら》せようと携帯電話を取り出した。しかしその手を華沙々木が素早く摑んだ。

——いけない、日暮くん。

華沙々木はゆっくりと首を横に振り、倉庫の奥の一角に視線を向けた。そこには僕たちが「禁断の果実」と呼んでいる商品群が並んでいる。家具、置物、電化製品、その他いろいろ。——それらはすべてゴミ集積所から盗んできたものだ。あまりに店の赤字がつづくので、ならば仕入れ値がゼロの商品を売って少しでも純利益の部分を上げようと華沙々木が思いつき、あちこちの集積所から使えそうなものを集めてきて、僕がリペアしたのだ。しかしあとになって、ゴミを勝手に持ってきて売ると法的な罪に問われる可能性があることを知り、売ることは諦め、かといってすべてをもとの場所へ返してくるのも億劫《おっくう》で、とりあえず「売約済」という偽りの短冊を貼って、ばれないように倉庫の奥へ仕舞ってあるのだった。

——あれがあるかぎり、警察を呼ぶことはできないよ日暮くん。

仕方なく、僕は警察への通報を諦めた。

——こうなったら我々の力で解決してみようじゃないか。

——え。

——さっきから僕の脳細胞が、しきりに声を上げているんだ。働かせてくれ、働かせてくれってね。

華沙々木は両目を爛々《らんらん》と光らせながら言った。

そのブロンズ像は、つい一週間ほど前の朝、ふらりと店にやってきた男から華沙々木が六千五百円で買い取ったものだ。僕は近くの団地にチラシを撒《ま》きに出かけていて、男には会っていない。男は小柄で猫背な中年で、ニット帽を被り、マスクとサングラスをしていたらしい。喋り方もなんだかモゴモゴしていて、対応した華沙々木は、もしやこの人物は泥棒か何かなのではないかと直感したそうだ。男の様子を聞いた僕は、その可能性が高すぎるほど高いと思ったが、面倒なので言わなかった。

——日暮くん、まずはこれを売りつけた男の素性を確認しよう。

僕たちは事務所に上がって調べてみた。華沙々木が控えておいた男の住所は実在せず、電話番号も使われていなかった。麻生純一郎《あそうじゅんいちろう》という名前も、おそらくはでたらめなのだろう。商品を買い取るとき、本当は免許証など身分を証明するものを借りてコピーを取ることになっているのだが、華沙々木はよくこれをさぼった。

まったく迂闊《うかつ》だったと、華沙々木は天を仰いだ。

——仕方がない。あのブロンズ像から真相の糸をたぐっていくとしよう。

僕たちはまた倉庫へと下り、ブロンズ像のそばにしゃがみ込んで念入りに調べはじめた。

前述したように、それは鳥が翼を広げているデザインで、長方形の木製の台座がついている。鳥の翼はほぼ真横に伸ばされていて、端から端までの長さは約五十センチという、けっこう大きな置物だった。ちょっと小ぶりなカラスのようにも、また巨大なスズメのようにも見えるが、いかんせん色がついていないので正体がわからない。ポーズはダイナミックだが、顔だけ見てみると、目がくりっとしていてなかなか可愛らしかった。

――あっ、日暮くん！　ここに何か痕《あと》がある。

鳥の腹の部分、ちょうど真ん中あたりが、まるでヘソのように抉《えぐ》られていた。ドライバーか何かでグリグリやったのだろうか。直径五ミリ、深さ三ミリほどの穴があき、そこだけブロンズの地色が見えている。

――メッセージだ！

華沙々木は興奮を抑えるように右の拳《こぶし》を口許に押し当てた。

――犯人はこの像に我々へのメッセージを残したんだよ！

そうだろうか、と僕は思った。

…………。

……。

というような出来事を頭の中で復習《さら》ってから、僕は菜美に顔を戻した。

「じゃあ、あの男の子が、例のブロンズ像の台座を焦がしたり、ヘソをほったりした犯人だっていうの？」

「そう。彼はその犯行時、ハンカチを落としたのよ。だからドッグフード云々なんて嘘をついて捜しに来たんだわ」

「つまり……遺留品を回収するためにやってきたというわけか」

華沙々木が目をすがめて少年を見た。

ところで、僕にはさっきから一つ気に掛かっていることがあった。菜美がブロンズ像のことを言ったので思い出したのだが……あれはたしか先週の半ばくらいのことだったか。夜、事務所の電話が鳴り、男の声で妙な問い合わせがあったのだ。

——あ、リサイクルショップ・カササギさん？　ちょっと訊きたいんだが、そちらに鳥のかたちをした銅像なんてあるかな？

例のブロンズ像を買い取ったばかりだったので、もちろん僕はあると答えた。それはどんな感じのものかと訊かれたので、像のかたちやら大きさやらを説明してやると、

——ちょうどそんな感じのものを、玄関に飾りたかったんだ。来週の月曜日に買いに行くから、それまで取っておいてくれないか。

男はそんなことを言って電話を切った。だから、僕はあの像に「売約済」の短冊を貼っておいたのだ。

そういえば電話の切り際、男が何か短く言ったのが聞こえたが、

——あ、スミ。

あれは何だったのだろう。

「華沙々木。ブロンズ像を買いたいって電話してきた人、たしか今日店に来るんじゃなかったっけ？」

一応言ってみると、華沙々木は素早く片手を上げて僕を制した。

「余計な情報はシャットアウトだ、日暮くん。商売なんてどうでもいい。とにかくいまは、あの少年の動きにすべての意識を集中させるんだ。小さな放火未遂犯の動きにね」

「でも」

「いいから」

華沙々木はまったく聞く耳を持ってくれなかった。

その後も少年は倉庫の隅々まで歩き回り、あらゆる物陰を覗きまくった。こちらへやってきて、不安げな顔つきで僕たちのまわりを二周したりもした。

観察していることに飽きてきたのか、華沙々木がとうとう声をかけた。

「捜しものは見つかったかい？　ぼうや」

「あ、え」

この反応は、どうも慌てたときの少年の癖らしい。

華沙々木は一歩一歩ゆっくりと少年に近づいていきながら言う。

「マーフィーの法則の中に、きみの役に立ちそうな一文があるよ。オブライエンの所見——『捜しものを早く見つけたいなら、他のものを捜し始めよ』。ためしに何か別のものを捜してみたらどうだい、ぼうや？　たとえば、そう」

華沙々木は言葉を切り、ぞっとするような笑みを浮かべて少年を見た。

「——鳥のかたちをした像なんてどうかな？」

鎌をかけたのだ。

しかし少年は「？」と華沙々木の顔を見上げただけだった。

「鳥の像だよ、きみ。鳥の像」

あてが外れ、華沙々木は焦《あせ》っていた。

「トリの……ゾウ？」

「ゾウって、いやゾウじゃないよきみ。像だよ像、銅像。銅の像。まあいいや」

適当なところで諦めると、華沙々木はつぎの手段に出た。急に身体を脱力させ、両腕を高々と上げて気持ちよさそうに伸びをしたかと思うと、こんなことを言ったのだ。

「僕がきみくらいの頃は、いろんな遊びをしたっけなあ」

にやりと唇の端を持ち上げ、いきなり少年の目を真っ直ぐ見据える。

「――たとえば火遊びとか」

しかし今度も相手は無反応だった。少年は困ったような、一生懸命に相手の言っていることを理解しようとしているような顔つきをしていたが、やがて首をひねりながら華沙々木にこんなことを訊いた。

「鳥の銅像が……なくなったんですか？」

「へ？」

「だってさっき、それを捜すとか言ってたから」

「あ、や、そういうわけじゃないんだ。いやそういうわけなんだ。鳥の像なんだよ」

華沙々木の言っていることはもう僕にも理解できなくなっていた。少年にはもっと理解できなかったようで、視線をそらすと、じっと足下を見つめたまま黙り込んでしまった。

「ハンカチ、ないみたいだから……もういいです」

そう言って小さく頭を下げると、少年は倉庫をあとにした。

「華沙々木さん、どうするの？」

菜美が素早く囁《ささや》いた。

「もちろん尾行するさ」

華沙々木も鋭い囁きで応じた。

「あたしも行っていい？」

「構わない。日暮くんも来るんだ」

「僕はいいよ」

華沙々木はちょっと残念そうな顔をした。

「だってほら例の、像を買いたいって人が来るかもしれないし」

（三）

その客が現れたのは、華沙々木と菜美が少年を尾行すべく店を出て、しばらくしてからのことだった。

「鳥の像の件で電話した者だけど」

上背のある、なかなか精悍《せいかん》な顔をした男で、太い眉に、文庫本を伏せたようなクッキリとした鼻筋が印象的だった。歳は四十代後半か。

「それがですね、じつは商品に少々問題が発生してしまいまして――」

僕は男に、ブロンズ像の台座が焦げ、なおかつ鳥の腹にヘソみたいな傷がついてしまったのだと正直に説明した。すると男はギョロリと目を広げて僕を見据えた。

「なん何でそんなことに？」

ひどく慌てた様子だった。

夜中に倉庫に侵入されて云々という話をすべきかどうか、僕は迷った。迷った末、話さないことにした。

「うちに小さな子供がいまして、そいつが悪戯《いたずら》しちゃったんです」

適当な理由で答えた。

「あんたの子供か？」

「ええと、ああと……はいそうです」

「とにかく、その像を見せてくれ。ここへ持ってきてくれ」

僕は事務所からブロンズ像を持ってきて見せてやった。男は咽喉《のど》の奥で低く呻《うめ》くと、顔のパーツをぜんぶ真ん中に集め、あん、あん、あん、あん、と言った。

「あんたの子供はなんてことをしてくれたんだ！」

べつに本当に子供がいるわけではないのだが、僕は男のその言葉がちょっと嫌だった。

「そんなに怒らないでくださいよ、子供のやったことなんですから」

「だってこれ、商品だろうが！」

「ええたしかにうちの商品です。だからこそ、あなたにとやかく言われる筋合いはないんです」

「子供のしつけくらいあんた、ちゃんとやっとけよ！」

「やってますよちゃんと！」

このときになると僕は、まるで自分が本当に子供を――素直で愛らしくて、濡れた猫を見ると絶対に放っておけないような優しい息子を持っているような気がしてきた。

「親の僕が言うのも何ですけどね、うちの子はそのへんの子供よりよっぽどしっかりしてますよ。朝、僕にコーヒーだって淹れてくれるんですから。あんぱんを食べるときだっていつも、パパ、このあんぱん電子レンジであっためようか？　なんて」

「あんぱんじゃないよ！　どうしてくれるんだこれ。鍵穴がこんな――」

「鍵穴？」

ぴたりと男は口を閉じた。

「鍵穴って言いました？」

それに対し、男は「そう」とも「いや」とも答えず、鼻から太い息を吐くと財布を取り出した。

「いくらだよ」

「何がです？」

「この像。まだ商品なんだろ？　いくらで売ってくれんだ？」

僕は頭の中でそろばんを弾いた。買い取り価格が六千五百円。店の利益を三千五百円上乗せしたら、ちょうど一万円。ついでだから今日ヤクザ和尚に支払ったポケットマネーの二千円も乗っけてやろう。

「一万五千円です」

僕は言った。三千円は馬鹿にされた息子のためだった。

「いいだろう」

男は素直に支払い、僕が箱詰めにしてやったブロンズ像を受け取ると、それを担いで出ていった。

僕は静かに倉庫のシャッターを下ろし、もちろんあとを尾《つ》けた。

男が入っていった家の門柱を見ると、光沢のある木材の表札に、浮き彫りで『加賀田』と刻まれていた。家は二階建てで、どこか時代に取り残された感じのする、どでかい日本家屋だ。門の向こうに庭の一角が覗いていて、綺麗に剪定《せんてい》された黒松や槙《まき》が並んでいる。

門にぶら下がった木札を見て、おや、と思った。

『㈱　加賀田銅器　お店はアチラです←』

矢印の先には工場のような建物があり、庭を挟んで家と隣り合っている。これはいったいどういうことだろう。あの男はブロンズ製品をつくる会社にいながら、中古のブロンズ製品を買っていったのだろうか。

とりあえず工場のほうへ行ってみることにした。剝き出しのコンクリートに囲まれた、のっぺりとした四角い建物だ。一角がお店になっていて、まるで豆腐にミニチュアの家が嵌《はま》り込んだように、そこだけ瓦屋根がついている。

引き戸の硝子越しに中が見えた。作業服を着て、茄子《なす》のような鼻をしたおじいさんが、奥にいる誰かと話をしている。相手は車椅子に乗った、かなり高齢と思われるおばあさんだ。その後ろに、細身で綺麗な、しかしなんだか疲れたような表情をした女性が立っていた。おばあさんがその女性を振り向き、癇性《かんしよう》に何か言った。女性は身を縮めるようにして言葉を返した。叱られたのだろうか。――やがて女性が車椅子を転回させ、彼女とおばあさんは店の奥に引っ込んで見えなくなった。

僕が中へ入っていくと、茄子鼻のおじいさんがにこにこと近づいてきて、両手を腹の前で重ねた。

「いらっしゃいまし。既製品をお探しで？　それとも特注品のご注文で？」

「あ、ええと……」

「既製品でしたらですね、こちらの棚にも並んでおりますけど、そこのカタログにもたくさん載っております。特注品はどんなものでもつくれますよ。もちろん人物でも大丈夫です。写真をですね、何枚か撮らせていただきまして、それをもとに型を――」

「僕じつは、よくわからないで入ってきたんですけど、こちらはその……どういったお店で？」

僕がそう訊いた瞬間、おじいさんがふと目線を下げて唇を結んだ。何かまずいことでも言ったかと、思わず顔を覗き込むと、急に目を上げて喋り出した。

株式会社加賀田《かがた》銅器は創業四十八年の老舗《しにせ》である。創業以来、ベーゴマから家庭の水道で使う蛇口、排水溝の蓋などをつくってきたが、ここ二十年ほどは所謂《いわゆる》ブロンズ像の製作販売に力を入れている。ブロンズ像とは読んで字のごとくブロンズでできた像で、ブロンズ、日本語で言う青銅とは、銅と錫《すず》の合金である。つくり方は、まず粘土で原型を製作し、その原型から石膏で型をとる。この型を外型《そとがた》とし、さらに一回り小さい中子《なかご》と呼ばれる型をつくる。あとはこの外側内側、二つの型のあいだに溶かしたブロンズを流し込み、固まった時点で型をばらすと、原型と同じかたちの像ができあがるというわけで、これはまあ、言ってみればバレンタインデイに女の子がつくるチョコレイトと同じようなものである。加賀田銅器の場合、これらの作業はすべてこの工場内で行われ、今日は工場のほうは定休日なので静かだが、いつもは職人たちの声が賑やかに飛び交ってものすごく活気がある。火もたくさん使うので、冬場などはこの店のほうにいても暖かいくらいだ。ただし夏場は暑くてもう嫌んなる。

というような説明を、おじいさんは講談か何かのように一気に喋った。何度も語ったことがある話に特有の、歯切れのよさがあった。

「お客様はどのような商品をお探しで？　ご自宅用？　それとも贈答品？」

「ええと、息子にプレゼントしようかと」

思いつきで答えると、おじいさんは嬉しそうに頷いて、僕と商品棚のあいだに立った。

「息子さん、なるほど。おいくつくらいの息子さんで？」

「いくつくらいかな……」

「はい？」

「あ、小学校三年生です」

なんとなくさっきの少年をイメージして答えた。

「いやお客さん、お若い！　ぜんぜんそんなふうに見えませんな」

おじいさんは身を引いて僕をよく見た。

「三年生くらいの男の子でしたら、こういうオートバイとか船とか自動車なんかがよろしいんじゃございませんかね。どうですこんなの？　それともこれとか。もしくは特注品も承りますよ。たとえばほら、好きな女の子の像をつくってみたりなんかして」

「好きな子なんてまだいませんよ」

「いやあ、わからないですよ」

「だって三年生で、そんな」

「いまの子は早いですからね、うっふっふ」

架空の息子が異性に興味を持ち、それにつれて親への興味を失くしていくのを想像し、僕は少し寂しくなった。

「どうです？　特注品。既製品よりは多少お高くなっちゃいますけど」

「どんなものでも、ブロンズ像にできるんですか？」

ためしに訊いてみた。

「ええ、ええ。私らのほうで写真を撮らせてもらいましてね、こんな感じで」

言いながらおじいさんは、そばのデスクに置いてあったポラロイドカメラを取り上げ、断りもなく僕の写真を撮った。バチンと目の前でフラッシュが光り、ガーとカメラから写真が吐き出された。

「角度を変えて五、六枚も撮れば、十分型がつくれますよ。ポラだから現像の時間もかかりませんのでねえ、工場に余裕さえあれば、その日のうちに作業に入れます。ほんとはデジタルカメラなんてのが便利なんでしょうけど、私も工場長も職人さんたちも、みんな機械音痴なもんで。――あ、これ記念にどうぞ、ぞうなんて」

おじいさんが差し出した写真を受け取りつつ、僕は思案していた。さっきの男について、できれば素性《すじょう》などを知りたいのだが、どう探りを入れればいいだろう。

「あんた、恐竜がいいんじゃないの？」

だしぬけに別の声がしたのでびっくりした。

「シンちゃんはほら、恐竜がいちばん好きでしょうが。小学校三年生っていえばちょうどシンちゃんと同じでしょ？」

「あ？　ああそうか」

見ると、店の奥に低い木製の作業台が置かれていて、そこで丸々と肥《ふと》った作業服のおばあさんが商品を磨いている。いままで後ろ姿だったので、申し訳ないけれど僕は置物か何かだと思っていたのだ。

「シンちゃんってのは、あの――」

もしやと思い、訊いてみた。

「もしかして色白で線が細くて、前髪が揃ってたりします？」

「あれお客さん、どうしてシンちゃんのこと知ってるんです？」

おじいさんが不思議そうに僕の顔を見直した。

「あ、息子の同級生なんです。加賀田……シンノスケくん」

「シンタロウですけど」

「シンタロウくん」

あの少年はこの家の子だったのか。そうなると、鳥の像を買い取りに来た男とは、どういう関係なのだろう。ひょっとして親子だろうか。

「失礼ですが、シンちゃんはお二人のお孫さんで？」

まずはそう訊いてみると、おじいさんとおばあさんは同時に声を上げて笑った。

「私らはここでお世話んなってる、ただの従業員ですよ。まあねえ、あんな可愛らしい孫がいたらいいなあなんて思いますけどねえ。私ら子供ができなかったもんで」

シンちゃんのことになるといっそう口が回るのか、それからおじいさんは訊いていないことまで喋ってくれた。

「社長がお身体を悪くしてから純江《すみえ》さんがそのお世話にかかりきりになってから、は、私らときどきシンちゃんのご飯をつくらせてもらってるんですよ。土日のお昼とかねえ。まあ私らっていっても、つくるのは女房ですけど」

あはははははとおじいさんは大声で笑った。

純江というのは、きっとシンちゃんのお母さんなのだろう。社長というのは――。

「社長さんって、シンちゃんのお祖父さんでしたっけ？」

はっきり言って僕はこういった場合にかなり有利な風貌をしているという自信がある。へその緒を切ってから、自慢じゃないが人に怪しまれたという経験がほとんどない。

「いえいえ、それは先代の社長です。いまの社長はその奥様の徳子《とくこ》さん。先代が亡くなられて、奥様が会社をお継ぎになったんですな」

徳子社長と、シンちゃんの母親の純江というのは、さては先ほど外から見えた二人か。

――それとなくおじいさんに訊いてみたら、やはりそのとおりだった。

「社長は純江さんに車椅子を押してもらって、ああして一日に何べんも工場と店の様子を確認して回ってるんです。今日は工場は休みなもんで、店のほうだけですけどね。厳しい人で、私らもちょっと気ぃ抜けた顔してたらピシャッとやられちゃうんですよ」

それが嬉しいのか、おじいさんは首を揺らして笑った。

「でも、シンちゃんのお母さんは大変でしょうね。子育てしながら、毎日毎日お姑さんのお世話じゃ」

おじいさんは眉を下げて頷いた。

「ああ、まあ大変ですねえ。なかなか外出させてもらえないみたいですし。先代の工場長が生きている頃は、社長もあんなに純江さんに厳しくはなかったんですけどねえ。あれじゃあほとんど意地悪……おっと」

と、ここでおじいさんは、普通の感覚ではいささか遅すぎるのだが、自分の喋りすぎに気づいたらしく口許を押さえた。

「お客さんにこんなことお話ししちゃ、まずかったかな」

壁の時計が四時を打った。店を空けてきてしまったので、あまり長居もできない。

「ところで加賀田さんのところには、ちょっと男前の人がいますよね。僕、何度か見かけたことがあるんです。ほらあの、男らしい眉毛をして、すっと鼻筋が通った」

「眉毛に鼻筋……信次《しんじ》さんのことかな？」

「そうそう信次さん、そんな名前でしたっけ。あの方はシンちゃんのお父さんで？」

「いえいえ、叔父さんです。シンちゃんの亡くなったお父さんの、弟さん。ゆくゆくはこの会社を継がれる方ですわ」

「会社だけじゃないでしょうよ」

おばあさんが意味ありげに言葉を挿《はさ》んだ。おじいさんは心得たようにうんうんと頷く。

「会社だけじゃない……と言いますと？」

「え？　ああいや、まあそれはねえ」

おじいさんは適当に言葉を濁し、おばあさんもさり気なく目をそらした。

財産のことかな、と僕は思った。この加賀田という家、ずいぶんと金を持っていそうだ。

ついでにもう少し調べてみることにした。

「信次さんって、ご結婚されてるんでしたっけ？」

「いやいや、まだ身は固めていらっしゃいませんよ。まあ工場長として職人さんたちを管理してらっしゃるから、そんな暇もないんでしょうなあ」

「ですよねえ」

これであの男と家族のことはだいたいわかった。台座の焦げたブロンズ像を買っていった男は、ここの工場長で、徳子社長の次男。先の工場長だった長男はすでに死んでいる。その死んだ長男の息子がシンちゃんで、妻が純江。純江は一日中姑である徳子社長の世話をしている。

最後は、あのブロンズ像だ。

「話は戻りますけど、ブロンズ像についてちょっと教えてもらってもいいですか？　息子へのプレゼントで、何かこう、中に物を入れられるような像はありませんかねえ？　たとえばどこかに鍵穴がついていて――」

お、という顔をしておじいさんが僕を見た。

「だったらお客さん、ちょうどいい店を選ばれましたよ。それ、うちの得意なんです。先代の工場長――シンちゃんのお父さんが考案したんですけどね、うちはそういうブロンズ像もつくってるんです。ほかではやってませんよ。たとえばこれ」

おじいさんは商品棚からドラえもんの像を取り、セロハンテープで後頭部に貼りつけてあった鍵を、四次元ポケットの脇に差し込んだ。鍵が半回転すると、中でカチッという音がして、四次元ポケットが前にスライドした。ポケットはかまぼこを逆さまにしたようなかたちで腹から取り出され、見ると、中に小さなT字形のものが入っている。

「タケコプターですわ」

おじいさんはそれを得意げにつまみ上げ、ドラえもんの頭にちょこんと載せた。

「ハコものって呼んでるんですけどね、ほかの店では、こういったのはつくってません。まあ似たようなものがあるにはありますが、うちの場合、セキューリティーの面でぜんぜん違うんです」

「と言いますと?」

「ちゃんとした鍵がないと、まず開かないようになっとるんですわ。中で青銅がガッチリ嚙み合ってますんでね。だから秘密のものを隠せたりするんです。無理に開けるんなら、それこそ像ごとぶっ壊すしかないでしょうな。あ、ちなみにこのドラえもん、ちゃんと許可もらってやってますからね」

「こういったので、たとえば鳥のかたちをしたものってあります？」

一連の出来事の、これはけっこう核心的な部分だと思われた。

おじいさんはしばしば首をひねった。

「鳥は……ないですねえ」

「あ、ない？」

意外だった。するとあの鳥の像は、ここでつくられたものではないのだろうか。

と思ったら、おじいさんがつづけた。

「非売品ならあるんですけどね。先代の工場長が、むかし習作としてつくったんです。鳥のかたちをしていて、しかもハコものってやつを。でもそれ、売り物としてではなく、あくまでゲイジツ活動みたいな感じでやったんですな。あの人、工場長っていうよりも一人のゲイジツ家でしたんでねえ。その鳥の像ってのも、ほかの職人さんを使わずに一人でつくって、店には出さないで家のほうに置いてるんですよ」

「それって、もしかしてこう、翼を横に広げた？」

僕がT字形になってみせると、そうそうそうそう、とおじいさんは小刻みに頷いた。

「あれは『烏鵲橋《うじやくきよう》』っていうタイトルだったかな。お客さん、何で知ってるんです？　外に出したことはないと思うんですけど」

「ああと、ええと——」

何か上手い言い訳をしなければと思案をめぐらせたとき、おばあさんが振り向いて言った。

「それ、この前盗まれたやつでしょうよ」

「ん？　あそうだそうだ。泥棒に持ってかれたやつだ」

「盗まれたんですか？」

おじいさんはこんな説明をしてくれた。

先週日曜日の夜のこと。家族が寝静まった頃、徳子社長がふと目を醒まし、怪しい気配に気づいた。襖《ふすま》一枚を隔てた隣の部屋で、誰かが電灯もつけずにごそごそと動いている。そこは死んだ長男——つまりシンちゃんの父親がかつて使っていた部屋で、いまは空き部屋になっていた。ただしそこには長男の持ち物や、彼がつくった習作のブロンズ像たちが置かれており、まあそれは大して高価な物ではないのだが、何より現金を入れた金庫が部屋の隅にあった。徳子社長はすぐに隣室の気配が泥棒だということを悟ったが、いかんせん身体が利かないので、人を呼ぶしかなく、金切り声を上げた。すると隣室から誰かが逃げ出す物音が聞こえ、その少しあとに、一階の別室で寝ていた純江やシンちゃん、二階を一人で使っている信次が駆けつけてきた。

みんなで隣室を検《あらた》めた。金庫の扉は開けられてはいなかったが、バールか何かでこじ開けようとした跡ははっきりと残っていた。金銭的な被害がなくてよかったと、全員が安堵したのだが——。

「よぉく部屋を確認してみたら、金庫のそばにあった像が一体なくなっていたんです。賊はきっと、金を手に入れることができなかったもんだから、何か一つでもと思って、手近にあったあの像を持っていったんでしょうな」

「それが例の、鳥の像？」

そうですそうですと頷いて、おじいさんは掠《かす》れた笑いを洩らした。

「しかし、あれはそんなに金にはならなかったでしょうな。質屋か中古品屋に、五千円か、よくても七千円くらいで引き取らせるのがせいぜいでしょう」

なかなかいい線だった。鳥の像を、華沙々木は六千五百円で買い取っている。いまの話からすると、華沙々木にそれを売りつけた人物は、おそらく加賀田家に侵入した泥棒だったのだろう。金庫から金を盗もうとしたが、家人に気づかれてしまい、仕方なく手近にあったブロンズ像を抱えて逃げ出した。それを僕たちの店に売り払った。

と、ここでおじいさんは商売の顔に戻った。

「そんなわけで、ハコものの鳥の像は、既製品では置いてないんですよ」

「はあ、なるほど」

「特注で、おつくりになりますか？」

泥棒。盗まれたブロンズ像。焦げた台座。抉られた鍵穴。像を買い戻しに来た信次。ハンカチを捜しに来たシンちゃん。——どこでどうつながっているのだろう。僕は首をひねって後頭部を掻《か》いた。そのとき店の硝子戸越しに二つの人影が見えた。店の中にいる僕を見て立ち止まり、驚いたような顔をしている。

華沙々木と菜美だった。

「ごめんなさい、また来ます」

僕は挨拶もそこそこに店を出て、おじいさんやおばあさんから見えない場所へ華沙々木と菜美を促した。

「何で日暮くんがここにいるんだ？」

「あとで話すよ。そっちはどんな感じだった？」

華沙々木は、少年を尾行していたら、町をあちこちぶらぶらさせられたあと、最終的にここへ行き着いたのだと言った。

「彼はいま、そこの『加賀田』って家の門を入っていったところだ。まんまと自宅を突き止めてやったよ」

「どれ」

僕は住居の門のほうへ行ってみた。庭に、シンちゃんの後ろ姿と、徳子社長、そして彼女の車椅子を押している純江の姿があった。シンちゃんに話しかけている徳子社長の表情は、先ほど店で見かけたのとはまったく違い、気持ち悪いくらいにニコニコしたものだった。

シンちゃんが純江に顔を向けて何か言った。純江は地味なスカートのポケットから四角いものを取り出して、微かに笑いながら言葉を返した。それはハンカチだった。シンちゃんの小さな背中が、ほっと安堵したように見えた。やがてシンちゃんは家の玄関ドアを入っていった。――その途端、徳子社長の声が聞こえてきた。

「あんた、ほんとにのろまだね」

相手に水を引っかけるような言い方で、小さなスピーカーでボリュームを上げたラジオみたいに、ものすごく耳につく声だった。

「失くしものをするなんてのは、のろまな証拠なんだよ。嫁の教育もちゃんとしないで、あの子が早くに死んじまったもんだから駄目なんだ。あたしが死んでも、あんたには金なんて一銭もやらないからね。どっかに失くされちゃかなわない。文句は聞かないよ。一日中あたしの世話をしてるだけで、この家に住めるんだから、それだけでも感謝されなきゃ」

シンちゃんに聞こえてしまうのを気にしているらしく、純江は唇をゆるく噛み締め、玄関のほうに不安げな視線を投げながら、それでも徳子社長が何か言うたびに身を縮ませて頷いたり、短く言葉を返したりしていた。――実際にはありえないことだが、僕の目には、彼女がそうするごとにだんだんと痩せ、色が薄れ、小さくなっていくように映った。こんなに哀しげな人を、僕は見たことがなかった。立ち姿、表情、仕草、地面に落ちた影までが哀しげだった。妙な表現だが、その哀しさに、僕はしばし見とれた。小さい頃に死んでしまった母親に、少し似ている気がした。化粧をしていない顔が、そんなふうに思わせたのだろうか。母も哀しい人だった。

「読めたぞ……！」

耳元でいきなり華沙々木の声がした。腰を屈めて僕と顔を並べ、ゆるゆると顎をさすっている。

「あの母親が『ブロンズ像放火未遂事件』の真犯人だ。三日前の夜、彼女が我々の店の倉庫に侵入したんだ。――金曜日の夜、彼女は新聞紙の束を持って倉庫にやってくると、あのブロンズ像の台座に新聞紙を寄せて火を放ち、立ち去った。ところが、あとでふと、自分のハンカチが見当たらないことに気づいて慌てた。もしやあのとき倉庫に落としてきてしまったのではないか――そう考えた。ここで登場するのが息子だ。彼は自分の母親がリサイクルショップの倉庫に忍び込んで悪事を働いたことを、どういうわけか知っていた。だから慌てた様子でハンカチを捜している母親を見て、その動揺の理由《わけ》を容易に察することができた。彼はこう考えた。もし犯行現場でハンカチが見つかってしまったら、お母さんが警察に捕まってしまう！　でも母親は自分でハンカチを捜しに行くことができない。何故ならあのおばあさんの世話で、なかなか家を空けることができないからだ。そんなとき南見くん、きみならどうする？」

「え」

菜美は眉を寄せてしばし考えていたが、やがてハッと顔を上げた。

「お母さんのかわりに、自分がハンカチを捜しに行くわ！」

そのとおり、と華沙々木は片頰を持ち上げる。

「だから少年は我々の店に来たんだ。ドッグフード云々という虚偽の事実を並べ立て、彼は倉庫の中で母親の遺留品を捜した。それを見て我々は、あさはかにも彼が倉庫に侵入した犯人だと思い込んでしまったのさ。——けっきょくハンカチは、母親が思い違いをしていただけで、ちゃんと家にあった。犯行現場に落としてなどいなかった。そのことをいま少年は、確認することができたというわけだ」

「でも華沙々木、そもそもどうして彼女はそんなことをしたんだ？　何でうちの倉庫に忍び込んで、あのブロンズ像のそばで新聞紙を燃やしたりしたんだろう」

訊くと、華沙々木は溜息とともに視線を下げた。

「そこだけがわからない。彼女の動機だけが。あと一歩なんだ。あとほんの一歩なんだが……」

ほどなくして、僕たちはいったん店へ戻ることにした。最後に加賀田家と工場の周りをぐるりと見て行こうと提案したら、華沙々木も菜美も反対しなかった。

工場の裏手に、鉄格子で仕切られた一角があった。

入り口は背の高い門扉《もんぴ》で閉ざされている。どうやらそこは工場で出た廃棄物を置いておく場所のようで、薬剤の空き缶らしきものや、木片、石膏のくず、針金など、いろいろなゴミが分別されてまとめられていた。製作過程で廃棄となったブロンズ像も、ここに捨てられるのか、木枠で仕切られた一角にそれがいくつか置いてある。僕などの目には、どこが悪いのかわからなかったが、きっと小さな割れや歪みでもあるのだろう。

「ねえ、あれって……」

菜美がある一点を指さした。そこにごろりと横たわり、空に顔を向けているのは、なんとあの鳥の像だった。ついさっき信次が僕たちの店から買い取っていったものだ。

「南見くん、日暮くん、見ろ！　像の腹に穴が！」

たしかによく見ると、像の腹の部分に四角い穴が開いていた。機械か何かで無理やりこじ開けたのか、穴の周囲はひどく歪んでいた。

（四）

「チ、エッ、ク、メ、イ、ト、だ」

長いことソファーで考え込んでいた華沙々木がそう言ったのは、その日の夜のことだ。

僕は事務所の奥にある小さなキッチンで、晩ご飯のおかずにと、ちくわを醤油で炒めているところだった。菜美は今日の出来事の結末が気になるらしく、夕飯時だというのにいつまでも帰ろうとしないで、そのときもまだ華沙々木の隣に座り、冷凍庫で勝手に凍らせておいたらしいヤクルトをスプーンでほじくっていた。

「真相がわかったの？」

菜美が声を上げた。

「わかったよ、すべてね。聞きたいかい？」

「聞きたい、教えて！」

「日暮くんは？」

「いま、ちくわが……」

華沙々木が棘《とげ》のある目を向けてきたので、僕は仕方なく火を止めて華沙々木の前に座った。

「日暮くんが見聞きしてきたことを教えてもらって、ようやく真相がわかったんだ。キーワードは『遺産』と『遺言状』、そして『炎による熱』だ」

華沙々木の口にした三つの言葉を、菜美が口の中で繰り返した。しかしこの難解な判じ物を解くことはできないらしい。もちろん僕にもぜんぜんわからなかった。

「現場で説明しよう。これからもう一度あの家に行く」

華沙々木が勢いよく立ち上がり、菜美もそれにつづいたので、僕は慌てて止めた。

「華沙々木、もうすぐ晩ご飯ができるんだけど」

「いいよそんなの」

「冷めると美味しくないよ」

「また温めればいいじゃないか、フライパンでささっと」

「それに菜美ちゃんだって、そろそろ帰らないと」

華沙々木は顎に手をあてて沈黙した。

「オーケー、わかった。じゃあ明日《あす》の朝だ。南見くんは普段よりも早めに家を出て、学校へ行く前にここに寄ってくれ」

菜美は残念そうに肩を落とし、それから僕にあからさまな非難の目を向けてきた。

彼女のためにこそ、僕は言ってやったのだが。

(五)

翌朝七時半、僕たちは加賀田家の前に到着した。店の硝子戸の内側にはカーテンが引かれており、まだ従業員は出勤していないらしく、工場も店も、まったく静かだ。

「こっちだ」

中学校の制服姿の菜美と、寝不足で頭がぼんやりしている僕を、華沙々木は建物の裏手まで連れていった。例の、廃棄物が置かれている場所だ。背の高い鉄製の門扉には南京錠がかかっている。

「すべてを説明するものが、あの像の中にあると僕は踏んでいる。——日暮くん、きみにやってもらおう」

「何を？」

「あの像の中を見てきてくれ」

僕がやるのか。

仕方なく、周囲を見渡して人目がないことを確かめると、僕はちょっと後退し、助走をつけて門扉に飛びついた。じたばたと動き、なんとか鉄の門を乗り越えて向こう側へ着地する。

「これの中を見るのか？」

翼を広げたブロンズ製の鳥は、よく晴れた春の朝を黙然《もくねん》と見上げている。その腹部にはぽっかりと四角い穴が開き、穴の周囲は無理に強い力が加えられたようにひしゃげていて、穴の中には——。

「ん」

像の腹に、僕は指を差し入れた。無造作に丸められた紙の感触。それをつまみ、ゆっくりと引き出す。——丸められていたのは、焦げて茶色くなった封筒だった。封は開いている。

「こっちへ持ってきてくれ」

僕は門扉越しにそれを華沙々木に手渡してから、ふたたび助走をつけて門扉を乗り越えた。

「華沙々木さん、それは何？」

菜美は両目を丸くして封筒に見入っている。

「遺言状さ」

華沙々木は答えた。

「熱で焦げ、判読できなくなってしまった遺言状だ。徳子社長のね」

華沙々木は細い指を器用に動かし、焦げた封筒を丁寧に伸ばした。そしてその中から、これも焦げて茶色くなった四つ折りの紙を取り出した。ひらいてみる。ほとんど全面が焦げてしまっていて、墨で書かれた縦書きの文章は、まったく読むことができない。いや、何箇所かは文字がわかる。「息子」、「財産」、「全ての」——それくらいだった。

しばしその紙を眺めていた華沙々木は、悲痛な面持ちで目を閉じた。

「思ったとおりだ……」

「華沙々木さん、早く説明して！」

菜美が身をよじる。華沙々木はこくりと頷いて、僕たちに身体の正面を向けた。

「今回の出来事は、加賀田家の遺産相続争いだったのさ。徳子社長は、いつか自分が死んだとき、家屋敷や工場、その他もろもろの財産を、すべて自分の次男である信次さんに遺すことを決めた。そしてそのことをこの遺言状に書き記したんだ。遺言状の内容は、信次さんも純江さんも知っていた。きっと徳子社長本人が話したんだろうね。——純江さんは納得がいかなかった。長男の嫁である自分に遺産をくれないなんておかしいじゃないかと。純江さんは徳子社長に遺言状を書き直してくれと迫ったかもしれない。しかし徳子社長は相手にしなかった。そこで純江さんは、なんとか遺言状を見つけて処分してしまおうと目論んだ。それを悟ったのが信次さんだ。彼は徳子社長に進言した。遺言状が危険だから、自分が保管しておこうと。そして彼は遺言状を徳子社長から預かり――」

華沙々木は顎の先で例のブロンズ像を示した。

「あの像の中に隠して鍵をかけた」

「わかった！　その像を、偶然入った泥棒が盗み出してしまったのね？」

「そのとおりだ南見くん。――ことの次第を知った信次さんは、慌てて像の行方を追った。おそらくは、いくつかの質屋やリサイクルショップに電話をかけて訊いたのだろうね。そちらに鳥の像は置いてありますかと。そしてとうとう我々の店に行き着いた。信次さんは安堵し、仕事が休みの月曜日に像を買い取りに行くと言った。しかしここで、まずいことが起きた。信次さんが我々の店に電話をかけているのを、純江さんがこっそり聞いてしまったんだ。信次さんの口ぶりから、彼女は像の中に何かが入っていることに気づいた。そしてそれが何であるのかをすぐに察した。徳子社長の遺言状だ。遺言状の在処《ありか》をようやく知った彼女は、先手を打った」

「つまり、お店の倉庫に忍び込んで、遺言状を処分しようとした？」

「なかなかいいぞ南見くん！」

そう、その調子だ。

「倉庫に忍び込んだ彼女は、そこで目的の像を発見した。しかし鍵がないから開けることができない。ドライバーか何かで鍵穴を壊し、無理やり開けてみようとしたが、上手くいかなかった。像ごと持ち去って処分することもできない。大きなものだから、家に持って帰れば誰かに見つかってしまうし、どこかに隠したり捨てたりするのも心配だ。だから彼女は考えた。像を動かさず、開けもせず、中に入っている遺言状をなんとか処分してしまう方法を」

「……火！」

菜美が目を見ひらく。

「純江さんは像を火であぶったのね！」

華沙々木が肩口でパチンと指を鳴らし、菜美の顔にぴたりと人差し指を向けた。

「そう——それがあの『ブロンズ像放火未遂事件』の真相だったのさ！」

そして顔を上に向け、自らの推理をもう一度味わうかのように目を細めた。

しばし考えてから、菜美が疑問を口にした。

「でも、純江さんが遺言状を処分しても、また徳子社長が同じものを書いてしまったら何の意味もないわ。実際、信次さんがすぐにでも事情を話して、そうさせるかもしれない」

「彼がそういった手段に出ないという自信が、純江さんにはあった。だからこそ、遺言状を処分することに必死だったんだよ」

「どういうこと？」

「孫の存在さ。もしいま徳子社長が遺言状を書き直すとしたら、相続人をあのシンちゃんにするという可能性が大いにある。最初の遺言状を書いたときにはまだちっちゃかったかもしれないが、彼はいまや小学生だ。そして、昨日の様子からして、徳子社長は彼のことを非常に可愛がっている」

「そうなると――信次さんは、遺言状が焦げてしまったことを徳子社長に言い出せない！」

正解だ、と華沙々木は菜美の顔をピストルで撃つふりをした。そして目の前にある加賀田銅器の工場と、その向こうにある加賀田家のほうを鋭い目で睨《ね》めつけた。

「これから純江さんの計画は、おそらく第二段階に入るのだろうね。あの徳子社長に、いっそう孫を可愛がらせ、ああこの子に遺産を残してやりたいという気持ちが義母の中で十分に高まったところで、新しく遺言状を書く機会を与えてやる。すると徳子社長は、相続人としてそこにシンちゃんの名前を記すというわけさ」

華沙々木によって語られた恐ろしい家族の物語に驚きを隠せず、菜美は両手で口許を覆っていた。

「華沙々木さん……どうするの？　この真相を徳子社長に」

「いや」

華沙々木は左の掌を彼女に向け、悩ましげに首を横に振った。

「我々にそんな資格はない。たしかに我々は、思わぬ出来事に巻き込まれはした。しかし実際に何の被害を受けたわけでもないんだ。六千五百円で買い取った像を一万三千円で売ることができて、むしろ得をしたのかもしれない。それに何より――」

ふっと息を洩らすと、華沙々木は僕たちににこやかな笑顔を見せた。

「楽しませてもらえたじゃないか」

「華沙々木さん……」

「忘れよう」

時計回りにくるりと背中を向け、華沙々木は歩き出す。

「ゲームは、その場かぎりだからこそ面白い」

ひらりと紙の切れ端が、朝の風に舞った。もう一片。そしてもう一片。――ゆっくりと遠ざかる華沙々木の後ろ姿に重なって、まるで季節を終えた桜の花びらのように、あの封筒と遺言状の切れ端が舞っていくのだった。

「華沙々木さん！」

ダッと走り出した菜美が、華沙々木の長細い背中にぶつかるようにして抱きつくのを眺めながら、寝不足の僕は欠伸《あくび》を嚙み殺した。まったくもって、ここまででたらめな真相を考えつく華沙々木の能力は大したものだ。なおかつそれを臆面もなく、効果たっぷりの演出を交えて語るのだから恐れ入る。僕が気づいて、ゆうべのうちに必死に仕込みをしてやらなかったら、いったいどうなっていたことか。

　像の中に入っていた遺言状は、僕が徹夜でつくった作品だった。夜の遅い時間になって、華沙々木の推理をなんとか考え当てた僕が、倉庫の作業スペースで寝ずに作製したものだ。早朝になってようやく完成させ、わざわざここまで持ってきて、あの像の腹に入れておいてやったのだ。世話が焼けるにもほどがある。そもそも新聞紙が半分焼けたくらいの熱で、像の中の紙が焦げるわけがない。

　華沙々木にまとわりつくように歩いていく菜美の後ろ姿を、僕は眠たい目で眺めた。そして、自分のやったことに対して合格点を与えてもいいかなと思った。

「天才・華沙々木」がいるからこそ、菜美は辛い毎日を明るく生きていける。

　彼女を落胆させるわけにはいかない。

（六）

　その日の午後、新しくできた近所のマンションへチラシを撒きに行くと、僕はそのまま軽トラで加賀田家に向かった。昨日のおじいさんに挨拶し、加賀田信次さんに用があると言うと、茄子鼻のおじいさんは奇妙な顔をしながらも本人を呼び出してくれた。

「あんた、あの中古品屋の……」

「ちょっと見てもらいたいものがありまして」

僕は作業着姿の信次を店の外に連れ出し、人けのない工場裏まで連れていった。用意してきたポラロイド写真をポケットから取り出し、ちらりと見せてやると、彼は顔色を変えた。

「何であんたがそれを……！」

やはり考えていたとおりだった。ほとんど当てずっぽうだったのだが、大正解だったらしい。ポラロイド写真は、表面が熱で真っ黒になり、画像がすっかり見えなくなっている。僕はそれをまたポケットに戻した。

「信次さん、あなた昨日これを捨てたでしょ」

彼は顔を強張《こわば》らせ、探るように僕を見た。

「ちょっと確認したいんですが、脅迫罪が二年以下の懲役か三十万円以下の罰金になるということを知っていますか？　この写真をもとに純江さんを脅し、関係をつづけさせていたのなら、もしかしたら強姦罪が成立する可能性もありますよ。そうなれば三年以上の懲役です」

「あんた……」

信次は目を丸くした。黒目の縁がぜんぶ見えるほどだった。

「僕は純江さんのファンです。昨日ファンになりました。――今後もし、あなたが彼女に脅迫めいた言動をしたことが耳に入ったら、僕はあなたを告訴します」

告訴の仕方などよく知らなかったが、一応そう言ってやった。すると効果覿面《てきめん》だったらしく、信次は歯嚙みをして顔を紅潮させた。

真相は、はっきり言っていまでもわからない。

この目で何かを見たわけでもなければ、純江に直接訊けたわけでもないからだ。

でも僕は今回の出来事を、こう考えている。

盗まれたあのブロンズ像の中に入っていたものを、信次は慌てて取り戻そうとした。純江は逆に、処分してしまおうとした。二人のその行動に、僕たちは巻き込まれたというわけだ。

――では像の中に入っていたものとは何か。処分するのに純江があんな手段をとったのだから、それは熱に弱いものだったに違いない。一人の男が取り戻そうとし、一人の女が処分しようとしている、熱に弱いもの。僕がポラロイド写真を連想するのに時間はかからなかった。ポラロイド写真は熱を加えると真っ黒く変色してしまう。そしてそのことを、純江は知っていたのだろう。加賀田銅器の工場はいつも高温状態で、職人さんたちはそこでポラロイド写真を扱っているのだから、熱には気をつけていたに違いない。ならば当然純江も、ポラロイド写真が熱に弱いことくらいは知っていたはずだ。

像の中に隠されていたポラロイド写真。おそらくそれは純江の――あるいは純江と信次の写真だったに違いない。そして、服はそこには写っていなかった。そういった写真でなければば、純江が必死に処分しようとするわけがない。

純江と信次のあいだには肉体関係があったのだろう。孤閨《こけい》の寂しさからか、あるいは最初から強引な手段に出られたのか、それはわからない。とにかく、そのときの写真を、信次はポラロイドカメラで撮影し、所持していた。そして写真を理由に、純江に脅しをかけ、その後も関係を強要していたのではないだろうか。純江は写真を処分したいと願っていたが、それがどこにあるのかを知らなかった。

「あなたはあのブロンズ像の中に、このポラロイド写真を隠していたんですね。だからその像がたまたま泥棒に盗まれたとき、慌ててあちこちの質屋やリサイクルショップに電話をかけた。そして最後にはとうとう僕たちの店に行き当たった。あなたは安堵し、仕事が休みになる月曜日に像を買い取りに行くと言った」

そのときの、僕との電話のやりとりを、おそらく純江は聞いていたのだ。そして初めて彼女は、ポラロイド写真の隠し場所を知った。

——あ、スミ。

という僕が聞いたあの声は、きっと純江がそばにいたのに気づいて思わず信次の口から出たものだったのだ。

「あなたは昨日、うちの店から買い戻してきたブロンズ像を、隠し持っていた鍵を使って開けようとした。しかし鍵穴が壊されていたため、開かなかった。仕方なく、像を壊して、中からポラロイド写真を無理やり取り出した。でも像が火であぶられたために、写っているものが何だかわからなくなってしまっていた」

「……あんたの息子のせいでな」

信次は口の中で小さく舌打ちをした。

「まあ、子供のやったことですから」

鍵穴を壊し、像を火であぶったのは、じつは僕の息子などではなく純江だったのだが、それを教えてやるつもりなどもちろんなかった。

「真っ黒になってしまった写真を持っていても、もう意味がない。だからあなたはポラロイド写真を捨てたんですね」

長い長い沈黙のあと、信次は恨めしそうな顔で僕を睨みつけた。そして、心底不可解そうに訊いた。

「一つだけ教えてくれ。あの写真は……たしか部屋のゴミ箱に突っ込んだはずなんだが、どうしてあんたが持ってる？　俺の部屋に忍び込みでもしたのか」

「あ、これ」

僕はポケットから、さっきの真っ黒なポラロイド写真を取り出した。

「すいません、これ僕の写真です。——昨日お店でおじいさんに撮られたのを、熱を加えてこんな感じにしてみたんです。あなたにお見せして、自分の考えが正しいかどうかを確認したくて。あなたの捨てたやつは、ちゃんと部屋のゴミ箱に入ってると思いますよ」

信次の顔全体に力がこもった。

「てんめえ……」

マンネリズムの言葉を吐き、信次が両手で拳を握って肩を震わせたので、暴力でも振るわれたら大変と、僕は早々にその場を立ち去った。

信次は追いかけてこなかった。

ところで、僕がなんとしても純江を救ってやりたいと思ったのには理由がある。

金曜日の夜、彼女はたしかに僕たちの店の倉庫に侵入した。しかし彼女は、そこで新聞紙に火をつけてなどいないのだ。その一点こそ、僕が彼女に強く惹かれた理由だった。

もし実際にそんなことをしたのなら、僕は彼女を許さなかっただろう。赤字つづきではあるが、リサイクルショップ・カササギは僕たちの大切な店だ。その倉庫で火を焚くなんて、はっきり言ってどんな事情があっても許さない。僕がいまでもときどき純江のことを、沈丁花をかいだときみたいな甘酸っぱい気持ちで思い出すのは、彼女がそのへんをちゃんと考えてくれたからだった。彼女は店の倉庫で新聞紙に火をつけるような、そんな人ではなかった。

では金曜日の夜、純江は倉庫にやってきて、何をしたのか。

ブロンズ像を取り替えたのだ。台座を焦がしておいた像を倉庫に置き、かわりにそこにあった像を持ち去った。そして新聞紙の束とマッチの燃えかすを残していった。だから翌日の朝、倉庫はきな臭くなかったのだ。

昨日、店のおじいさんはあの像のタイトルを『烏鵲橋《うじやくきよう》』と言っていた。烏鵲橋は『鵲《かささぎ》の橋』とも呼ばれ、七夕の夜に織姫と彦星を会わせるため、鵲たちが翼を並べて天の川に渡す橋のことだ。そんなタイトルの像なのだから、一体だけであるはずがない。亡くなった純江の夫は、ほかにも同じようなかたちの像をつくっていたはずだ。その中の、写真が隠された一体を、たまたま泥棒が盗み出した。

偶然聞いた信次の電話でのやりとりから、写真の在処を知った純江は、一刻も早くそれを処分しなければいけないと考えた。信次が像を買い戻してしまう前に。しかし日中は徳子社長の目があるため、先手を打って僕たちの店にやってくることはできない。そもそも鍵を持っていないので、像を開けることもできない。像ごと盗むにしても、家に持ち帰るのは不可能だ。きっと信次に見つかってしまう。家の外のどこかへ隠したり、廃棄したりするのは、中に入っている写真の内容からして危険すぎる。そこで彼女は考えた。像を火であぶってしまえば、中のポラロイド写真は変色して見えなくなってくれるのではないかと。だが、像を置いてあるリサイクルショップが火事になってしまうのが心配で、彼女にはどうしてもそれができなかった。

だから彼女は、像をすり替えて信次を欺くことを考えたのだ。

金曜日の夜、純江は倉庫へやってきた。焼けた新聞紙、マッチの燃えかす、そして、台座を焦がして鍵穴を壊した状態のブロンズ像を持って。その像の腹の中に、彼女は一枚のポラロイド写真を仕込んでいた。適当に何かを撮影したあと、熱にさらして画面を真っ黒にしたものだ。つまり、信次が昨日ゴミ箱に捨てたという写真は、そうして純江がつくったものだったのだ。

純江は持参した像を、焼けた新聞紙やマッチの燃えかすとともに倉庫に置き、かわりに、写真の入った本物のブロンズ像を持ち帰った。そしてそれを、持参した像がもともとあった場所に置いたのだろう。焦げたほうが本物だと思い込んでいる信次は、それが写真を隠した像だとは気づかない。像はいまもその場所に置いてあるに違いない。中に写真が入ったまま。

――鍵を持っていない彼女は、可哀想に、その像を開けることができないのだ。このまま放っておけば、信次が気づくのも時間の問題かもしれない。

「あ」

家の門のほうへ向かうと、学校帰りらしいシンちゃんが路地の向こうから歩いてきた。

「ちょうどよかった。少しいいかな?」

僕はシンちゃんを人目につかない場所まで連れて行き、ずばり訊いてみた。

「確認したかったんだ。きみはもしかして、お母さんがうちの店で泥棒をしたと思ってる?」

「あ、え」

「だから昨日倉庫へ来て、お母さんが落としたかもしれないハンカチを捜していたんだよね。ハンカチが見つかったら、お母さんが警察に捕まっちゃうかもしれないと思って」

シンちゃんはきつく唇を閉じた。そのまま言葉を返さないので、僕はつづけた。

「金曜日の夜、きみはお母さんがこっそり家を抜け出すのを見た。だから気になってそのあとをつけた。そうだね？」

シンちゃんが店の倉庫にハンカチを捜しに来たということは、あの夜純江がそこへ行ったのを知っていたということだ。何故知っていたか。これはもう、その目で見たとしか考えられない。

「どうしてあとをつけたりしたの？　お母さんに声はかけなかったの？」

訊くと、シンちゃんはようやく蚊の鳴くような声を返した。

「旅行バッグを持ってたから、家出するんだと思って……お母さん、おばあちゃんにいつも意地悪ばっかりされてるから、どこかに行っちゃうんだって」

なるほど、そういうことか。

「声をかけたら、お母さん、家出をやめちゃうと思ったんです。僕、毎日お母さんがおばあちゃんに意地悪言われてるのが嫌で……だからほんとはお母さんに、ずっと家出して欲しくて。それで、僕もあとでお母さんのところへ行きたかった。お母さんに意地悪するおばあちゃんのこと、僕も嫌いだから」

「だからこっそりお母さんのあとを尾けたんだね」

「裏口から出て……ついていきました」

母親が夜中に旅行バッグを持って出かけたのを、この子は家出だと思ったのだ。祖母の意地悪に耐えきれず、とうとう母は家出したのだと。しかしじつは、そのバッグには台座の焦げた像と、半分焼けた新聞紙と、マッチの燃えかすが入っていた。

純江が夜道を歩いて向かった先は、僕たちの店だった。倉庫のシャッターを無理やりこじ開けて中に入っていくと、彼女はしばらくしてからまたバッグを持って出てきた。

「それを見て、きみは考えを変えたんだね。つまり、お母さんは家出しようとしていたんじゃなくて、泥棒をしたんじゃないかって」

正直に話すことを決めたのか、シンちゃんはすぐに頷いた。

「そんなに本気で思ったわけじゃないけど……そうです」

閉じられたシャッターをこじ開け、バッグを持って暗い倉庫に入っていき、またそのバッグを持って出てきたのだから、そんなふうに考えてしまうのもわかる気がする。つい先日、自分の家に泥棒が入ったばかりだったせいもあったのかもしれない。

そして後日、シンちゃんは純江が慌てた様子でハンカチを捜しているのを見た。そのとき彼は思った。もしや金曜日の夜、お母さんは泥棒をしたあの倉庫にハンカチを落としてきてしまったのではないか？

だから、彼はそのハンカチを捜しに来たのだ。

「大丈夫だよ。きみの勘違いなんだ」

僕は屈み込み、シンちゃんと視線を合わせた。

「お母さんは何も悪いことなんてしてない。黙っていて悪かったけど、あれは僕が……ええと、ちょっと倉庫まで届け物をしてくれるように頼んだんだ。それだけだよ。だから、お母さんは夜中にバッグを持ってあの倉庫に来た」

「え……そうなんですか？」

シンちゃんの顔がパッと明るくなった。

「そうなんだ。でもこのことは、お母さんには秘密にしといてくれよ」

「わかりました」

「男同士の約束だ。守れる？」

守れると、シンちゃんは答えた。

「よし。じゃあすまないけど、お母さんにこれを渡してくれるかな」

僕は手帳の一ページにメモを書き、用意していた封筒にそれを入れてシンちゃんに預けた。

シンちゃんは素直に引き受けて、僕に別れの挨拶をきちんとして、家に入っていった。閉まったドアをしばらく眺めていた僕は、やがてその場を立ち去り、軽トラに乗り込んだ。エンジンをかけると、さっきまで聴いていたラジオが音を鳴らし、海援隊の『母に捧げるバラード』が車内に流れた。

僕がシンちゃんに託した封筒の中には、像を開けるための鍵が入っていた。今日の明け方、例の「遺言状」を仕込みに工場の廃棄物置き場へ忍び込んだとき、像のそばに無造作に捨ててあったのを見つけたのだ。信次は像を壊して中を開けてしまったので、もう鍵には意味がない。だからきっと、ついでに捨てたのだろう。その鍵で、いまもポラロイド写真が入っている本物の像を開けられるとも知らずに。

同封したメモには、『昨日当店にいらした加賀田信次様が落としていかれましたので、お届けします』とだけ書いておいた。だから純江は、まさか僕が秘密を知っているとは思わないだろう。

しつこいようだけど、実際のところ、真相はいまでもわからない。この目で見たわけでもなければ、純江に直接訊いたわけでもないからだ。でも僕は、自分がシンちゃんに託したあの鍵が、彼女を救ったと考えている。これまでまったく疑ったことはない。ついでに言えば僕は、僕と彼女のあいだには運命的なつながりがあることを確信している。いつかきっと彼女とは、何かのかたちでふたたび出会うことになるだろう。そう、今回は鵲が一羽足りなかったせいで、二人のための橋が完成しなかったのだ。

などと勝手に思い込んでいるあたり、もしかしたら僕も華沙々木に似ているのだろうか。

夏

蜩《ひぐらし》の川

（一）

軽トラの運転席を降りると、隣家の塀から顔を覗かせた大きな向日葵《ひまわり》がじっと太陽を見上げていた。あたりには油蟬《あぶらぜみ》の声が響き渡り、空には真っ白な入道雲が盛り上がり、襟元をくすぐる風は心地よく、財布には金がない。

「強欲和尚め……」

またしても、やられたのだ。

軽トラの荷台にはロープで固定されて、一脚の文机《ふづくえ》が積まれている。たったいま黄豊寺の住職に売りつけられてきたものだ。例の「ブロンズ像放火未遂事件」のとき、無価値な簞笥を七千円で買い取らせたことに味をしめたらしく、住職はまたしても僕を寺に呼びつけ、この傷だらけで染みだらけの文机を高額で買い取るよう命じた。

前回の簞笥と同様、それはどう見ても他人が再利用したくなるような代物ではなく、僕は買い取りを断った。しかし鬼瓦のような顔をした巨漢の住職は、僕に鋭い視線を向けたままゆっくりと首を横に振り、そんな言い分が通用すると思ってはいけないと、意味のわからないことを言い出した。住職曰く、あのぼろぼろの簞笥が七千円で、この文机が〇円というのではあまりに筋が通らない。最低でも、そう、同じ七千円で買い取るべきなのではないかというのだ。

長時間に及ぶ折衝のあと、僕はとうとう買い取り価格六千円で了承させられてしまい、受け取った六枚の千円札を執拗に数える住職を尻目に、文机を軽トラに積んで寺をあとにしてきたのだった。

「また華沙々木に呆れられるな……」

荷台のロープを解き、文机を倉庫まで運ぶ。入り口には店の看板が掲げられている。

『リサイクルショップ・カササギ』

在庫商品が売れないせいで、倉庫の中は相変わらず雑多な物々で溢れかえっていた。チャイルドシート、独り暮らし用の冷蔵庫、九谷焼の調味料入れ、『パーマン』、小型ビリヤード台、サーモスタット付きの水槽、『まんが日本昔ばなし』ＤＶＤ－ＢＯＸ第一集。

倉庫の奥にある梯子を上って事務所を覗くと、

「お帰りなさい」

華沙々木丈助の姿はそこになく、かわりに奥のソファーで、中学校の制服を着た南見菜美が振り向いた。扇風機の風を間近であびて、ショートカットの髪がぼさぼさになっている。

「日暮さん、その顔はもしかして」

「またやられた」

「やってしまったでしょ」

菜美はもっともな訂正をした。

「ほんと商売下手よね、日暮さんって。これじゃ、お店がいつまで経っても赤字のはずだわ。華沙々木さんが可哀想」

「あいつが悪いんだよ。僕はもともと商売なんかに向いてないって言ったのに、無理やりこんな仕事に誘うから」

美大を卒業し、就職もせずにぷらぷらしていた僕をこの商売に引っ張り込んだのは華沙々木だった。彼とは高校が同じで、大学時代はまったく連絡を取り合っていなかったのだが、あるとき駅でばったり出会い、その場で口説かれたのだ。「必ず成功する」とか「大儲け」とか「万札」とかいう言葉を鵜《う》呑《の》みにし、それから二週間後、共同経営の提案を受け容れて、日暮正生・二十六歳はめでたくここの副店長に就任した。いまではもう二十八歳だ。

「言い訳する男の人って嫌ね。華沙々木さんはどんなことがあっても絶対に言い訳なんてしないわ。この前の『ブロンズ像放火未遂事件』のときだって、諦めずに一生懸命考えて考えて、とうとうあの恐るべき真相を突き止めたんだから」

その恐るべき真相が、じつは僕の手によって演出されたものだったと知ったら、彼女はどんな顔をするだろう。僕があのとき徹夜で仕込みをし、華沙々木の無茶苦茶な推理を「真相」に仕立て上げてやったのだと知ったら。

「うん……まったく華沙々木は大したもんだと思うよ」

きっと、とても哀しい顔をするに違いない。彼女のそんな顔はもう二度と見たくない。

「天才・華沙々木」がいるからこそ、菜美はこうして明るく生きていける。

「あれ、そういえば何で制服着てるの？　いま夏休みなんじゃなかったっけ」

訊くと、菜美は扇風機に顔を向けながら、ローテーブルの上に置いてある一枚の紙を指で叩いて示した。学校からの案内状のようだ。

「何これ――『夏休み強化合宿』？」

「希望者だけで集まって、今日の夕方から二泊三日の勉強会やるの。希望者だけっていっても、行かない人なんてほとんどいないけどね。こういうときに頑張るかどうかで、けっきょく受験の結果が左右されちゃうから」

扇風機の羽根に向かい、菜美は声をぶるぶるさせながら喋った。そういえばソファーには大きな旅行バッグが置いてある。

「高校受験か――でも、菜美ちゃんまだ一年生でしょ？」

「一年生から大変なんだよ、うちみたいに熱心な私立校は。熱心なのは主に先生と親だけど。

あ、華沙々木さん下りてきた」

事務所の奥にある梯子の上から、長い足が二本覗いていた。屋根裏部屋は僕と華沙々木が共同で使っている生活スペースだ。

僕は咄嗟《とっさ》に頭を働かせた。あのどうでもいい文机を、因業《いんごう》住職から高値で買い取ってしまった言い訳を考えねばならない。――容貌が怖かったとは口が裂けても言えない。また呆れられ、馬鹿にされ、僕は心に哀しい荷を負うことになるだろう。そうだ、たとえば住職が変な病気に罹《かか》っていて、治療に巨額の金が必要だったということにすれば――。

「ヤコブの法則……『誤りを犯すのは人間らしい――だが、誰か他人のせいにすることは、もっと人間らしい』」

梯子を下りながら、華沙々木はまた例の洋書に見入っていた。読み込まれて手擦れのした表紙には“Murphy's Law”とある。彼の愛読書、『マーフィーの法則』の原書だ。偶然とはいえ痛いところを衝《つ》かれた僕は、一瞬ひるんだ。そのひるんだ顔を、たまたま華沙々木の目が捕らえた。

「日暮くん、えらく情けない顔をしてるけど、何か問題でも？」

人間らしく他人のせいにすべきか、それとも正直に打ち明けるべきか――迷った末、僕は後者を選んだ。

「またかい？　いくら姓がヒグラシだからって、きみの小心さにも困ったもんだ。いや、考えようによっては虫のほうがまだマシだよ。樹液を吸っていれば食費がかからないんだから」

色褪せたスヌーピーのTシャツから伸びた生っ白い腕を組み、華沙々木は溜息混じりに首を振る。呆れられ、馬鹿にされ、僕は予想どおり心に哀しい荷を負った。華沙々木がソファーへ尻を落とすと、その顔に菜美が扇風機を向けた。

「まあいいや……きみの腕で、なんとか六千円以上で売れる商品に変えてくれれば」

「うん、頑張るよ」

あの文机はとくに力を入れてリペアしなければなるまい。デザインが古いので、下手に磨きをかけて新品に近づけるよりも、逆に古色を出してやったほうがいいかもしれない。

電話が鳴り、華沙々木がソファーで子機を取った。

「リサイクルショップ・カササギです。ええ、はい。ああそれはええ」

華沙々木の姿勢はだんだんと前屈みになっていき、電話機を握る手に力がこもり、薄い眉が徐々に上がっていき、両目が大きく見ひらかれていった。

「あります……それもあります……それも……はい、それもたぶん」

メモメモメモメモと片手を突き出してきたので、僕は素早くデスクからメモ帳を取って渡し、それと同時に菜美がバッグから修正ペンを取り出し、しかしすぐに気づいてボールペンを差し出した。

「五畳の部屋ですね……で、横幅が？……はい……奥行きが……ええ」

しばらくして、珍しく馬鹿丁寧な挨拶で電話を切った華沙々木は、書き込んだ紙を千切り取り、ばちんと叩くようにしてローテーブルに置いた。そこには『タンス』とか『すい飯ジャー』とか『小さめのテレビ（ビデオも）』とか『洗濯物かけるやつ』という、家財道具的な品目がたくさん並んでいて、それぞれの横に、色や仕様の希望らしきメモが書き添えてあった。下のほうに、埼玉県秩父《ちちぶ》市ではじまる住所が書いてある。

「華沙々木、まさかこれ……ぜんぶ購入希望？」

そのまさかだと華沙々木は答えた。

「大量購入の依頼だよ、日暮くん！」

その後、倉庫で商品のチェックをしながら華沙々木が語ったところによると、電話はこんな内容だったらしい。

依頼主は『沼澤《ぬまざわ》木工店』という、秩父の山で木工品の製造販売を行っている老舗の木工所。このたび店の宿舎に、新しい従業員用の部屋を用意することになり、家財道具一式を揃えてやりたいのだが、経費を節減しているので新品を買うことは難しく、中古品で揃えることにした。しかし従業員たちはみんな忙しいので、商品を買いに出かける暇がない。タウンページを見ながらあちこちのリサイクルショップに電話をかけてみたのだが——必要なものをすべて在庫していて、なおかつすぐに搬送してくれるという店はなかなか見つからない。仕方なくさいたま市にまで範囲を広げたところ、僕たちの店に行き着いたというわけだ。今日にでも持ってこられるかと訊かれたので、華沙々木はできると答えたのだという。

「VIPだよVIP、日暮くん！」

小ぶりの本棚を軽トラへ運びながら、華沙々木はしきりに眉をひくひくさせていた。

「現金払いしてくれるのか？」

アイロンとトースターを両手に抱え、僕もいつになく気持ちが昂《たか》ぶっていた。

「してくれるらしい。だいたいの予算を向こうから言ってきたんだけど、なかなかいい線いってたから間違いないだろう」

「ねえ、これ可愛いと思う？」

思案顔で、菜美が白くて丸みを帯びたデザインの一輪挿《ざ》しを持ち上げている。そういえば華沙々木のメモには『一輪ざし（かわいいやつ）』と書いてあった。

「それでいいよ、南見くん。割れちゃうとまずいから助手席にでも置いといてくれ」

菜美は一輪挿しを持って軽トラの助手席に乗り込み——そのまま降りてこなかった。ウィンドウ越しに覗いてみると、華沙々木のメモと、例の『夏休み強化合宿』の案内とを、なにやらじっと見比べている。

「この木工所……合宿やるホテルのすぐ近くだ。ねえ日暮さん、あたしもいっしょに乗せてってもらっていい？」

「え、でもこれ二人しか乗れないよ」

「平気だよ、荷台があるでしょ」

それから二十分後、僕たちは荷物を積み終え、日盛りの町を秩父方面へと出発した。華沙々木がハンドルを握り、菜美は助手席で一輪挿しを膝に載せ、僕は幌《ほろ》を被せた荷台でサウナのような熱気に耐えていた。華沙々木の運転は荒く、大きなカーブに差しかかるたびに両足を踏ん張り、ぐらつく商品群を支えなければならなかった。

（二）

軽トラのエンジンがようやく止まった。

「南見くん、合宿の時間は大丈夫なのかい？」

「ホテルに六時半集合だから平気」

痛む全身の節々を気にしつつ、僕は荷台を降りた。一時間ほど前から、積まれた商品たちがしきりに後方へ向かって倒れようとしていたので、軽トラが坂道を登っていることはわかっていたが、あたりを見回してみるとそこは見事に山の中だった。生い茂る木々に囲まれて、のっぺりとした黒土の地面が広がっており、その隅に木造の建物が静かに佇《たたず》んでいる。建物の玄関にはがっしりとした木彫りの扁額《へんがく》が掲げられていた。――『沼澤木工店』。

「呼び鈴《りん》はどこかな？」

華沙々木が探していると、引き戸が中からひらかれて、若い男性が顔を覗かせた。その風貌に、僕はどきっとした。無機質に感じられるほど、顔が白くて整っている。鳩羽色《はとばいろ》の作務衣を着た、まるでマネキンのようだ。荷物を積んだ軽トラを見て、彼はすぐに僕たちのことがわかったらしく、板についた仕草で優雅なお辞儀をした。歌舞伎の女形《おやま》のような、妙な色気があった。

「えらい遠いとこ、すみませんでした」

柔らかいその声には上方訛《かみがたなま》りがある。

「僕、ここで働いてます宇佐見《うさみ》いいます。親方は、中におりますので」

「親方さんというのは、僕が電話でお話しした？」

華沙々木に目の表情だけで頷くと、宇佐見は作務衣の袖から陶器のような白い腕を覗かせて、僕たちを工房の奥へと誘った。その後ろ姿を指さして、菜美が「オカマ？」と口を動かす。

玄関を入るとすぐに、木の香りがぷんと鼻をついた。そこはちょっとした広間になっていて、ところ狭しと床に並べられた木工品の数々が一斉に目に飛び込んだ。一枚板の贅沢な天板を使った、無骨なかたちのテーブル。繊細なつくりの化粧台。滑らかな曲線美のロッキングチェア。光沢のある文机。それらはすべて、別々の色でほのかに発光しているように見えた。光のように感じられたのは、それぞれが持つ「雰囲気」だ。とくに文机などは、細かな螺鈿《らでん》細工が施してあり、驚くほどの気品に溢れている。黄豊寺のやつとは雲泥の差だ。ここは作品の展示スペース……いや、出荷前の商品を置いておく場所なのかもしれない。薄い発泡スチロールの緩衝材《かんしょうざい》で角を保護されたものが、いくつかあった。

広間を抜けると短い廊下があり、その先に作業場らしい大きな部屋が見えてきた。近づくにつれ、ガリガリ、パシッ、シュコーシュコーという音がだんだんと大きくなってくる。最初に目に入ったのは、コンクリートのたたきに胡座《あぐら》をかき、鉋《かんな》を使っている男性だった。顎が広くて角ばっていて、なんだか将棋の駒のような顔だ。彼の後ろでは二人の人物が黙々と作業に打ち込んでいる。一人は六十代後半くらいの男性で、半白の短髪がいかにも職人らしい。もう一人は女性で、こちらはまだ二十代前半に見えた。

「親方、中古品店の方が来はりました」

宇佐見が声をかけると、将棋の駒が顔を上げた。立ち上がり、のしのしと近づいてくる。ものすごく不機嫌そうに見えたが、もともとそんな顔立ちをしているだけだったようで、挨拶はとても丁寧だった。

「遠いところ、わざわざ申し訳ありませんでした。山道、慣れていないと大変だったんじゃないですか？」

僕と華沙々木を睨みつけるように見て、それから中学校の制服を着た菜美にちらりと目をやる。

「どんな悪路でも、我々は決して商品を傷つけたりはしません。ところでどういたしましょう、商品はすぐに運んでしまったほうが？」

華沙々木が訊くと、親方は作業場を振り返った。

「タクさん、面取りは終わりそうかい？」

「難しいですねえ、この調子だと」

「サチ、磨きは？」

「あ、はい、なんとかぎりぎり……」

サチと呼ばれた若い女性はともかく、タクさんのほうは親方よりもずっと年配に見えるが、どうやら二人とも彼の弟子らしい。

「重ね重ね申し訳ありませんがね、ちょいと仕事が押してるもんで、少しそのへんで待っていてもらってもいいですかい？」

「構いませんとも」

華沙々木は愛想よく頷いた。なにしろ大口の客だ。

「お仕事、なかなかお忙しそうですね」

「まあ……今日はちょいとその、面倒なことがあったもんでね」

親方はそう言って視線を外し、さっきまでの場所に戻っていった。ふたたび鉋を手に取って動かしはじめる。鉋にはずいぶんと年季が入っていて、指の触れる場所に黒く染みが浮いていた。シュコー、シュコー、シュコーと彼はいとも簡単そうにその道具を扱い、重厚な板の角を削っていく。鉋が走るたび、削りくずが新体操のリボンのように舞い上がり、ふわりと床に落ちた。

「そいで親方、さっきの話」

タクさんと呼ばれた年配の男性が、自分の手元に視線を据えたまま言う。

「もし神木を傷つけた犯人が見つかったら、どうするんです？」

「そんなことはわからねえ。いいから自分の仕事をしてくれ」

「俺は許さねえつもりだよ、親方。警察に突き出すだけじゃ済まさねえ。半殺しにしてやる。この工房だけの問題じゃねえんだ。大ケヤキの加工をうちに任せてくれた神主さんにも――」

「タクさん」

強い口調で相手を黙らせ、親方はこちらの目を気にする素振りを見せた。タクさんはチッと舌打ちをして、また作業をつづけた。

…………。

ところで作業場の隅に、さっきから気になるものがあった。それはごつごつした巨大な丸太で、表面に深みのある光沢をまとい、切り口には美しい年輪が無数に浮かんでいる。遠目からでも相当に古い木であることがわかり、まるで世の中を知り尽くした巨大な老人が、そこにじっと寝そべっているようだった。老人の背中——ちょうど真ん中あたりに、無惨な傷痕が刻まれている。斧《おの》か鉈《なた》でも振り下ろされたのだろうか。一度ではない。五度、六度、あるいはそれ以上。その酷《むご》い傷痕と、丸太が持つ落ち着いた佇まいとのミスマッチが、胸の底に妙な不安を掻き立てた。傷痕のそばに、文字のようなものが見える。何か短い文章が彫れているようだが、角度が悪く、内容は読めない。

「おう、ウサ。ぼけっとしてねえで、お客人を奥に案内してお茶でも淹れて差し上げろ」

親方がいきなり野太い声を上げ、宇佐見は子供のように首をすくめた。

「ほんなら、こちらへ」

宇佐見の後ろに従《つ》いて作業場を離れるとき、なんとなく振り返ったら、サチと呼ばれた若い女性と目が合った。男のように胡座をかき、それまで懸命に木材の表面を磨いていた彼女は、汗に濡れた前髪の向こうからじっとこちらを見ていた。化粧っ気のない顔、無造作に頭の後ろで束ねられた髪。こういった場所に若い女性の姿があると、ぱっと目を引くが、もし汗を拭って作務衣を脱ぎ、洋服に着替えて町へ出たら、きっと彼女はあまり目立たないごく普通の女性に早変わりしてしまうのだろう——そんなふうに思わせる人だった。

(三)

「親方はねえ、あれでけっこう照れ屋なんですよ。自分の仕事をじっと見られとるのが恥ずかしいんです。だから僕に、お茶を淹れろだなんてねえ……」

嬉しそうに口許に手を当てながら、宇佐見は僕たちを居間へ案内した。冷房は入っていなかったが、窓が開け放たれていて、山の風が気持ちよく部屋を通っていく。彼が台所でお茶の用意をしはじめると、華沙々木が僕に顔を寄せて囁いた。

「ここはたしかに木々の香りに満ちている。でもね日暮くん。僕がそれ以上に感じるのは犯罪の香りだよ。罪の残り香という見えない粒子が、さっきから僕の本能を刺激しているんだ」

あまり意味のない囁きだったが、彼は僕の表情になど無頓着につづける。

「まったく僕の行くところに犯罪ありだよ。こんな星の下に生まれてしまった自分がときどき嫌になる。きみも見ただろう、さっき作業場にあった丸太を？　そして聞いただろう、親方さんたちの会話を？　この木工所で、明らかに悪質な犯罪が起きたんだ」

「出番ね、華沙々木さん」

菜美が余計なことを言い、

「彼から事件の詳細を聞き出すとしよう」

華沙々木が宇佐見の横顔に鋭い視線を投げた。

そのとき勝手口のドアが開き、肥った女の人が入ってきた。エプロン姿のその女性は、丸い顔、丸い身体で、丸い指をしていて、

「あらあ、いらっしゃい」

声まで丸かった。

「うちの人が電話した中古品屋の人たちでしょ。外にトラックがあったからすぐにわかったわ。あらやだウサちゃん、お茶ならアタシが淹れるわよ」

「そうですか？ ほんならお願いします。——あ、こちら御上《おかみ》さん。親方の奥様です」

僕たちは揃ってお辞儀をした。

「ほんとに遠くからご苦労様でした。一人分の家財道具なんて、よくすぐに揃いましたねえ。でもまとめて届けてもらえてよかったわ。うちはみんな忙しいもんで、なかなか買いに行っている時間もなくて」

喋りながら御上さんはお茶を淹れる。

「でもサッちゃんが宿舎で暮らしはじめると、もうあの子といっしょに寝ることもなくなっちゃうのねえ。アタシなんだか寂しいわ」

「ほんなら御上さん、今日から僕といっしょに寝ます？」

「やだもう、ウサちゃん馬鹿言わないで」

今回僕たちが運んできた家財道具は、どうやらあのサチという若い女性が使うようだ。テーブルでお茶を飲みながら交わした雑談により、なんとなくこの工房の状況を把握することができた。上方訛りのこの宇佐見は、宇佐見啓徳《けいとく》という気取ったフルネームで、僕や華沙々木よりも二つ年上の三十歳。彼と、先ほど作業場にいたタクさんとサチは、いずれも親方の弟子だった。タクさんこと匠川逸郎《たくみがわいつろう》は、親方よりもだいぶ年上だが、もともと先代に弟子入りしてここで働きはじめたのだそうだ。その先代が死んで工房が代替わりしてからは、自分よりも経験の浅い、いまの親方の下で仕事をしている。サチは田中早知子《たなかさちこ》。神奈川県からやってきた新入りの弟子で、ここへ来てまだ一年ほどしか経っていないらしい。

「でも、一年であれだけ力をつける子は滅多にいないって、うちの人言ってたわ。デザインのセンスにも、女性ならではの優しさがあるし。木工も、これからはこうやってどんどん女性の観点を取り入れていかなきゃ」

戸棚から出してきたおかきと胡麻煎餅《ごませんべい》を、揃いの丸い小皿にそれぞれ盛り、御上さんは交互に頬張っていた。

「明日からは宿舎に入って、サッちゃんいよいよ本格的にこの工房に根を下ろして働くことになったの。アタシほんとに嬉しいわ」

御上さんの話によると、今回の家財道具の購入にはこんな経緯があったらしい。——一年前、早知子はこの工房の作品に憧れて弟子入りを志願してきた。そういった志願者はしばしばやってくるが、親方が厳しい人で、ほとんどが門前払いなのだという。しかし、女性というのは珍しい。木工に女性の視点を取り入れるのもいいのではないか——親方はそう考え、彼女を迎えることにしたのだそうだ。ただし「仮」弟子という条件つきだった。職人のための宿舎には入れず、この家でともに寝起きさせ、彼女の素質と根性を見極めようというのだ。

「それでね、昨日とうとう、うちの人がサッちゃんに言ったのよ。本弟子として迎えてあげるって。サッちゃん嬉しくて泣いてたわ」

御上さんは自分も泣きそうになりながら胡麻煎餅を囓《かじ》った。

「うちの人があぁだから、本弟子として認められる人はほんとに少ないのよ。最近ではサッちゃんと、このウサちゃんくらい。あでもべつにタクさんを含めて歴代三人しかいないわけじゃないのよ。一人前になって、独立していった人もたくさんいるの。タクさんにはそういう欲がないみたいだけどねえ」

宇佐見のほうは、もともと京都で螺鈿《らでん》細工の勉強をしていたらしい。螺鈿細工とは貝殻から取った真珠質の薄片を並べる装飾技法だ。その修業をしている中で、彼はたまたまこの木工所の作品に出合い、一目惚れしたのだという。そして、矢も楯もたまらなくなって弟子入りを志願した。

「ウサちゃんがここへ来たときのこと、アタシよく憶えてるわ。サッちゃんが来る、ほんの半年前のことだったかしら」

　御上さんがそう言ったとき、宇佐見の白い眉間に不意に力が籠もった。何かしら、空気の温度が一、二度下がったような感覚を僕はおぼえた。

「ほんの半年ちゃいますよ」

「え、なあにウサちゃん？」

「半年あれば、腕はいくらでも上がります。事実、僕と彼女の腕も全然ちゃうやないですか。この前かて、彼女がえらい派手に失敗しよったの憶えてますでしょ？」

　抑揚のない声だった。

「ヒノキとサワラの材を見分けられんで、半分ヒノキ、半分サワラの、けったいな文箱《ふばこ》をつくりよったやないですか。あれかて出荷前に親方が気づかへんかったら、とんでもないことになってたわ」

「あらやだ、何よウサちゃん、わざわざそんな話――」

「そやから、ほんの半年、いうのはあんまり適当な言い方やないと思っただけです」

　語尾を微《かす》かに上げ、それとともに視線も上げて宇佐見は御上さんを見た。

「ウサちゃん妬《や》いてるの？　大丈夫よ、ウサちゃんの頑張りはちゃんとわかってるわ。単なる言葉の綾じゃないの、いやねえ女の子みたいに嫉妬して、うっふ」

　どうもこの御上さんは、人の心の機微に無頓着なところがあるようだ。でもそれがなんだか魅力的に感じられた。母を亡くしたせいか、こういった人に出会うと僕にはみんな善人に見える。

「サワラというのも木材なんですか？」

華沙々木が訊くと、御上さんは嬉々として立ち上がり、勝手口からいったん外へ出て、なにやら緑色の細いものを両手に持って戻ってきた。

「教えたげるわ。ヒノキとサワラはねえ、とってもよく似ているのよ。材は、ヒノキのほうがちょっと赤みがかってるだけだし、立木なんて、葉っぱを見比べないとなかなか区別できないわ。ほらこれ」

御上さんが持っていたのは、どうやらヒノキとサワラ、それぞれの葉だったらしい。僕には二つがそっくりに見えた。どちらもくすんだ緑色で、鱗《うろこ》状の小さな葉が交互にびっしりと連なっている。

「こっちがヒノキで、こっちがサワラ。違いわかる？」

御上さんは両手の中で葉を反転させ、裏側を見せてくれた。

「葉っぱの裏の白い模様がね、ヒノキはYで、サワラはXのかたちをしてるのよ。どう、憶えやすいでしょ？　こういうの憶えといたら、あとできっと役に立つわよ」

御上さんは得意そうに葉っぱをテーブルの上に置いた。そして急に相好を崩し、身を引いて両手で頬を挟んだ。

「あらまあ可愛い寝顔！」

見ると、僕の隣に座った菜美が、背筋を伸ばして前を向いたまま、目をつぶって寝息を立てている。彼女の寝不足の理由《わけ》をまだ知らなかった僕は、珍しいこともあるものだと思わずその横顔を覗き込んだ。

「ねえこの子、まさか娘さんじゃないでしょ？」

御上さんが僕と華沙々木を見比べて妙なことを言う。

「彼女が僕たちの娘ですって？　男二人のあいだに子供ができるはずがないじゃないですか。男二人から生まれた子供は刑事コロンボとエラリー・クイーンくらいのものです。そうそう、コロンボやクイーンといえば、この木工所では何か事件が起きたりしませんでしたか？」

さり気なく話題の矛先《ほこさき》を転じるのが、華沙々木は本当に下手だ。これで自分では上手くやったつもりでいるのだから困る。今回はたまたま御上さんが気のいい人だったので助かった。

「事件？……ああ、例の神木のことはまあ、事件といえば事件かしらねえ」

「ええっ、神木ですって？　何ですかそれは。詳しく教えてもらえますか？」

「それがねえ、まあ、けっきょく問題はなかったのだからいいんだけれど……」

そう前置きしてから、御上さんは事の次第を説明してくれた。

作業場に置かれていたあの巨大な丸太はケヤキで、麓《ふもと》の有名な神社に生えていた神木だったのだという。長い長い樹齢を重ねた神木は、数年前から生命力を衰えさせ、害虫や病気に全身を蝕《むしば》まれていた。一昨年《おととし》になってとうとう枝葉が枯れ、幹の一部が崩れはじめ、大風でも吹けばいつ倒れてもおかしくないような状態になってしまった。なにしろ大きな木なので、もし倒れてしまったら参拝客が大怪我をする可能性もある。そこで神主が一大決心をし、木を伐《き》り倒すことにしたらしい。

「でも神木を伐り倒して、まさか捨ててしまうわけにもいかないでしょ？　だから神主さん、あの大ケヤキを使って、何か神社で使えるものをつくることにしたの」

その加工をどこが請け負うかで、地元の工芸品組合のあいだで一悶着あった。そして最終的に仕事を任されたのが、県内の木工所で最も歴史の長い、この沼澤木工店だったのだという。

「それで去年、うちの人が業者さんといっしょに大ケヤキを伐り倒して材を取ったの。でも実際に調べてみると、病気と害虫の被害が思ってたよりも大きくて、けっきょく取れたのは、いま作業場に置いてある部分だけだったのよ。ほんとはもっと、ずっと大きな木だったのにねえ」

神木から取った丸太は、この工房から山道を少し下った場所にある貯木場へと運ばれた。そこで一年間の乾燥期間を経て、いよいよ明日から加工作業に入ろうとしたのだが——。

「つい今朝のことだったんだけどね、うちの人がトラックで、貯木場へあの丸太を取りに行ったら、ひどいことになってて。斧か何か知らないけれど、無茶苦茶に傷つけられていたのよ」

「まったく恐ろしい犯罪ですね。樹齢を経た神木を無惨に傷つけるなんて」

華沙々木の言葉に、御上さんはぶるぶると首を振った。

「それがね、傷つけられただけじゃないの」

このとき御上さんの隣で、宇佐見が口をひらきかけた。彼女の話を止めようとしたようだが、それに気づかず御上さんはつづけた。

「なんだか妙な言葉が刻まれていたのよ、丸太の表面に」

「妙な言葉？」

「ええ、なんか脅し文句みたいな……『お前もこうなるぞ』って」

お前もこうなる——。

「まあ単なる悪戯なんだろうから、意味なんてないのかもしれないけど。ほんとに、いったい誰があんなことしたんだか」

「そんなん御上さん、ほかの木工所の仕業に決まっとるやないですか。名誉ある仕事をうちに取られたもんやから、逆恨《さかうら》みしとるんですよ」

宇佐見が細い眉に力を込めた。が、気のせいか、どうもその様子は本気で怒ってはいないように見えた。

「まあねえ、ウサちゃんはそう言うけど……」

頬に手をあてて溜息をつき、御上さんはおかきを口に押し込む。パーなのにグーに見える手だった。

「警察へ連絡は？」

「ひてな――してないわ」

おかきを飲み下し、溜息混じりに言う。

「うちの人がそう決めたの。ほら、話が大事《おおごと》になっちゃうと、これからあの丸太を使ってつくる作品にケチがついちゃうでしょう？　そうなったら神社にも申し訳ないから、誰にも喋るなって。だからアタシ誰にも喋らないことに決めたわ」

「すると、丸太につけられた傷は、作品をつくる上においては別段問題はなかったわけですね？」

「そう、それがあなた！」

御上さんがいきなり両手を打ち鳴らしたので、菜美がびくりと目を開けた。

「あら起こしちゃった？　ごめんなさいね。で、その傷のことなんだけどね丸太の。去年、大ケヤキを伐り倒す前に、それを使って何をつくるかを相談したのよ、うちの人と神主さんとで。で、最終的に二つつくることに決まったの」

その一つは鳥居。もう一つは神輿《みこし》だったのだという。

「どっちも古くなってたから、両方つくることにしたのね。でも実際に伐ってみると、さっきほら話したでしょ、思ってたよりも材が取れなくて。それで、鳥居か神輿か、どちらか一つしかつくれないってことになったのね」

どちらをつくるべきか——神主は悩みに悩んだが、けっきょく決めることができず、親方に無理なお願いをした。

「どっちもつくれる準備をしておいてくれっていうのよ。まあ、材の乾燥がすむまで時間があったから、うちの人はオッケイしたわ。だから設計図は、鳥居と神輿、両方のものを用意していたの。ところが今朝のあれでしょ、もう神輿をつくるしかなくなっちゃって」

「どういうことです？」

「ほら、あの丸太、真ん中を深く傷つけられちゃったじゃない。鳥居をつくるには、端から端までを使って材を取る必要があったのよ。それができなくなっちゃったの」

「なるほど、でも神輿ならば大丈夫——そういうわけですね」

「そうなのよ。まったくねえ、それだけが救いだったわ」

大きく息をつき、御上さんは湯呑みの縁を撫でた。

「今日、うちの人が神主さんに連絡して——丸太の状態にちょっとした問題が生じて、鳥居をつくることができなくなったって伝えたの。もちろんほんとのことは言わなかったわ。そしたら神主さん、それは自然からの指示だったのかもしれないなんて言って、案外すんなり納得してくれたのね。ほんとによかった。ウサちゃんもねえ、ほら、とびきりの活躍の場ができたわけだし」

御上さんは胡麻煎餅を手に取り、宇佐見に微笑んだ。宇佐見の顔が一瞬だけ硬くなり、しかしすぐにその硬さは消えた。

「まあ、それも……自然からの指示やったのかもしれません」

「宇佐見さんの活躍の場というのは？」

と訊いたのは華沙々木でなく僕だった。テーブルでお茶を飲みはじめてから、思えばこれが最初のひと言だ。僕は宇佐見に訊いたのだが、答えは返ってこず、口をひらいたのは御上さんだった。

「神輿のほうは、全体を螺鈿細工で飾ることになってたのよ、うちにはこのウサちゃんがいるから。このあたりの木工所で螺鈿細工ができるの、うちだけなのよ。だから、うちとしても、つくるのが神輿に決まってよかったのかもしれないわ。いまもウサちゃんだけ通常の作業から外れてもらってるのは、螺鈿のデザインを細かいところまでつめてもらうためなの。こう見えてもウサちゃん、頭ん中で仕事してんのよ。ね」

なるほど。腕を見せつける大きなチャンスが宇佐見に巡ってきたわけだ。

「ここへ来て最初の……おっきな仕事や」

誰にともなくそう呟き、宇佐見は窓の外に目を移した。

足音に振り返ると、汗で額に前髪を貼りつかせた早知子がぽつんと立っていた。

「お待たせしてすみません。親方が、荷物を運んでもらえって。お願いしてもいいですか」

(四)

宿舎は工房の裏手にあった。

しかし宿舎というのは名ばかりで、それは古い倉庫に手を加えただけの見事なボロ家だった。平屋建てで、玄関から真っ直ぐに廊下が延びているが、どうやら壁はベニヤで簡易的につくったものらしい。その壁に、ドアが左右それぞれ二つずつ並んでいる。匠川が一部屋を、宇佐見が一部屋を使っていて、今日から新たに自分が入るのだと、早知子が家財道具の置き場所を指示しながら教えてくれた。早知子の指示は「そっちのほう」とか「こっちのほう」とか、ずいぶんと適当で、搬入の時間はさほどかからなかった。木工に惚れ込み、腕を磨くことが中心の毎日で、私生活にはあまりこだわりがないのだろうか。

「一輪挿しはどこに置けばいいですか？」

菜美が訊くと、早知子はちょっと首をひねり、薄いガラスの塡《はま》った窓辺を指さした。

「どこか、そのへんに……」

「そういえば菜美ちゃん、時間は大丈夫なの？」

「ああ、あたしプリントの内容を見間違えてたみたいで、ホテルに七時半集合だった。だからまだぜんぜん平気」

荷物の運び込みが終わると、僕たちは工房に戻って御上さんにその旨を報告した。リサイクルショップ・カササギはじまって以来の高額取引だったが、華沙々木がかしこまって請求書を手渡すと、御上さんはそこに書かれた数字をふんふんと確認し、居間の戸棚から現金の入った封筒を取ってきて、なんでもない顔で支払ってくれた。「お駄賃」として、冷凍庫からアイスキャンディ三本も出してきてくれた。僕たちは御上さんに頭を下げ、最後に作業場を覗いて親方に挨拶し、玄関を出た。

「華沙々木さん、アイス食べながらだと運転できないでしょ」

どこかに座って食べていこうということになり、工房のまわりをうろうろした。建物の脇に細道が延びていたので、ためしにその先へ行ってみると、

「あ、超きれい！」

最初に菜美が声を上げた。

細道の先にあったのは、目を洗われるような景色だった。

美しい、夕暮れの河原だ。見事なまでに透明な流れが下へ下へとつづき、木々の先に消えている。起伏が多い山肌のため、川は小刻みに曲がりくねり、その曲がり具合がなんとも絵になっていた。水の中を覗いてみると、まだ赤ん坊みたいな小魚が一匹泳いでいる。小魚は

サッと動き、水底の砂が舞って、それがおさまったときにはもうどこにもいなかった。

川のそばの芝生に並んで腰を下ろし、三人でアイスキャンディを囓った。対岸に茂った木々の中から、蜩の声が聞こえてくる。カナカナカナと、遠く近く響き合い、古い映画の中に入り込んだようだった。そんな山の音を乗せて流れる川を眺めながら、僕はなんとなく死んだ母のことを思い出した。僕のすぐ鼻先で、彼女がその温かな目を永遠に閉じたあのときのことを。母の人生も、思えばこんなふうに曲がりくねった細い川だった。

ふと脇を見ると、ピンク色の可愛らしい花が咲いている。ナデシコだ。華奢《きゃしゃ》な茎が真っ直ぐに立ち上がり、そのてっぺんに柔らかそうな花が一つ。五枚の花びらの先は、それぞれ細く分かれていて、まるでピンク色の羽毛を集めたようだった。

「あ、サチさんだ」

菜美の声に背後を見ると、細道のほうから早知子がこちらを見ていた。一瞬、彼女は引き返すような素振りを見せたが、考え直したらしく、とぼとぼとした足取りで河原へ近づいてくる。

「御上さんにアイスキャンディを三本いただきましてね。いま三人でここに座って食べていたところです」

見ればわかるようなことを華沙々木が言うと、彼女はそっと頷いて、夕焼けた空に視線を伸ばした。

「ここ、荒川の上流なんです。綺麗ですよね」

あまりそう思ってはいないような口調だった。

「お仕事には、戻られないんですか？」

「戻ろうと思ったんですけど……親方が、今日はもういいって。なんだか知りませんけど、外に出てろって言われちゃったんです、私だけ」

「家財道具の整理があるから、気遣ったんでしょうか」

さあ、と小首をかしげ、彼女はそれきり黙り込んでしまった。人と話すのがあまり好きではないのかもしれない。菜美が早知子のほうを向いて座り直し、

「サチさんって恰好いいですよね。女の人なのに、ああいう仕事して。その着物みたいな服もすごい素敵だし。あたしも将来そういうの着る仕事したいな」

聞きようによっては失礼なことを言うと、早知子はしかし微笑を返した。

「小さい頃から、この木工所の仕事に憧れてたの。神奈川にある実家のリビングに、ここでつくられた大きなケヤキのテーブルがあって……いつか自分もこんなすごいものをつくる仕事がしたいって、ずっと思ってた。だから短大を卒業したとき、父親の大反対を押し切って、ほとんど喧嘩同然に家を出て、ここに弟子入りを志願したの」

「じゃ、夢の仕事に就けたんですね。あたしも将来やるなら、そういう変わった仕事がいいな。普通のＯＬとかになるのつまんないし」

「普通の仕事だって、きっと楽しいわ」

「でもサチさんは、それじゃ嫌だったんでしょ？」

「私は――」

ほんの少しだけ、早知子は唇の動きを止めた。ふと川面《かわも》に視線を漂わせたその横顔は、なんだか行き暮れて途惑った子供のようで、ほんの束の間だが、菜美よりももっと幼く見えた。

「私は、ぜんぶが平凡だったから」

軽く目を伏せ、僕たちの少し後ろに腰を下ろす。

「南見菜美って、素敵な名前ね」

早知子が菜美のフルネームを知っていたのは、僕が彼女を「菜美ちゃん」と呼び、華沙々木が「南見くん」と呼んでいたからだろう。

「素敵じゃないですよ、どう考えても変じゃないですか」

南見というのは菜美の母親の旧姓だ。彼女がいまの名字になったのは、両親の離婚が原因だった。その離婚にはいろいろと難しい事情が絡んでいて、そのため菜美は、名前のことに触れられるのをとても嫌う。僕はそっと彼女の顔色を窺《うかが》ったが、しかし菜美は「素敵」と言われたことに心底驚いたのか、ぽかんと口をあけていた。

「私、田中早知子っていう自分の名前、嫌いなの」

「何でですか？」

「だって、あんまり普通でしょ？」

蟬吟《せんぎん》に溶け込んでしまいそうな、早知子の声だった。

「華沙々木さんも日暮さんも、変わった名前でうらやましい……」

そんなことは初めて言われた。今日、華沙々木から「虫」扱いされたことで、じつはちょっと自分の名字に劣等感をおぼえつつあった僕は妙な嬉しさに打たれた。

「親方が呼んではるで」

背後で宇佐見の声がした。

「あ、はい」

教室で指名された生徒のように早知子は立ち上がり、僕たちに会釈をして川辺を離れていく。宇佐見の横を過ぎようとしたとき、彼女は作務衣の袖を摑んで引き留められた。女性に対してやるには、少々乱暴な仕草だった。

「工房に戻る前に言うとくけどな。明日から、あんたもここの本弟子や。本弟子になったら、もう失敗は許されんいうことはわかってるやろな？」

「……はい」

「この前の、あのけったいな文箱みたいなもんは、もう二度とつくらんといてや。僕やタクさんや親方かて、余計な仕事が増えたら迷惑やからな」

早知子はうつむいて、何か言葉を返したが、僕たちのいる場所にはぼそぼそと母音が聞こえてくるだけで、内容は聞き取れなかった。太陽はいよいよ傾き、緩い斜面になった河原を橙《だいだい》色に照らしている。宇佐見が顎で、行けと合図をすると、早知子は小さく頭を下げて細道に入っていった。遠ざかっていくその背中に向かい、宇佐見は最後にこんな言葉を投げた。

「あの文箱、まるであんたみたいやったわ」

小さな針に刺されたように、早知子の細い後ろ姿がぴくりと動いた。

「ほんまに御上さんも……あんなにお酒ようけ買い込んで来て」

屈託した表情で、宇佐見がぶらぶらと近づいてくる。

「お酒——これから宴会でも？」

華沙々木の言葉に肩をすくめ、彼はさも馬鹿馬鹿しそうに答えた。

「お祝いですよ。彼女が本弟子になったお祝いをするんです。本人を驚かせようという趣向らしいですわ。親方も、御上さんもタクさんも、ほんま七面倒くさいこと……」

「なるほど。だから親方さんは先ほど、早知子さんに外に出ていろと言ったんですね」

宇佐見は鼻息とともに頷き、整った歯のあいだから独り言のような声を洩らした。

「あんな腕のない人が本弟子になって、何がめでたいのやろ。さっぱりわからんわ」

夕陽を映しているはずの宇佐見の目が、僕には何故《なぜ》か灰色に見えた。その色を読み取られるのを嫌うように、彼は視線を下げ、足下のナデシコに向かって呟いた。

「神輿の螺鈿細工……この花を散らすのもええな」

それから、白い頰に憫笑《びんしょう》のようなものを刻み、彼は不可解な言葉を口にした。

「この花を使《つこ》て立派な螺鈿細工つくったら……あの子に、わからせてやれるかもしれへん」

「……は？」

ところで信じがたいことに、菜美が『夏休み強化合宿』へ行くというのは嘘だった。

「だから、嘘だったの。お母さんにはこのプリント見せて、三日間帰らないって言って出てきたけど、合宿へは申し込んでないの。ついでにばらしちゃうけど、合宿の場所がここの近くっていうのも嘘。ほんとは千葉県」

山を下りるつもりで、三人で軽トラのそばまで戻ってきたところだった。

「何でそんな嘘を？」

「家にいたくないから」

これは家出なのだと菜美は説明した。このところ母親との仲が険悪で、これ以上いっしょにいると爆発してしまいそうだったので、三日間だけでも外で過ごすことにしたのだと。

「ゆうべも一晩中大喧嘩して、ぜんぜん寝てないんだよね。三日間顔を見ないで済むと思うとせいせいするって言ったら、あの人キレちゃって」

だから、うたた寝をしていたのか。

「でも、駄目だよ、ちゃんと家に帰らないと」

「明後日《あさって》までは無理だって。合宿に行ってることになってんだから」

「泊まるところは？」

「華沙々木さんたちの事務所に泊めてもらうつもり。何でそんな顔すんのよ。いいじゃんべつに家出くらいしたって。誰にも迷惑かけてないんだから」

僕たちにかけるのは迷惑ではないというのか。

「おい華沙々木、どうするんだ？　彼女のお母さんに連絡して――」

しかし華沙々木は、腕を組んでうんうんとしきりに頷いていた。

「ちょうどよかったよ。僕はさっきから、できることならこの場所を離れたくないと考えていたんだ。罪の香りに満ちたこの場所を。歴史ある木工所、そこで働く職人たちの葛藤、神木に残された無惨な傷痕、そして『お前もこうなるぞ』という謎のメッセージ。僕の脳細胞が、さっきから声を上げているんだ。働かせろ、働かせろってね」

「え、だから？」

帰らない、と華沙々木は言った。

「帰るのは事件を解決してからだ。それが我々のスタイル――そうじゃなかったかい？」

そんなことは初耳だったが、僕が何か言う前に彼はつづけた。

「もっとも今回の事件はさほど難しいものじゃない。もうすでにチェックメイト寸前の状態と言ってもいいくらいだ。あと一歩なんだよ日暮くん。あと一歩でチェックメイトなんだ」

何も考えつかないときに決まって言う台詞を、例によって華沙々木は口にした。ちなみに彼はこれまでチェスをやったことがない。

そして華沙々木はつかつかと工房の玄関に歩み寄り、引き戸を大きく開け放つと、高らかにこう宣言したのだった。

「今夜一晩、我々をここに泊めていただきます」

（五）

しかし無理だった。当たり前だ。

「あなたたち、でも変わってるわよねえ。いきなり泊めてくれだなんて」

泊めるのは無理だが、せっかくだから一杯飲んでいけと言われ、僕たちは居間の座布団に並んで座っていた。早知子が本弟子になった祝いの宴がすでにはじまっていたのだ。

「なんたって彼は通称『その日暮らし』の日暮ですからね、ハハハハハ！」

華沙々木はさっきから遠慮もなくビールを飲んでいる。帰りは運転しないつもりなのだろう。

「あなたもお飲みなさいな、その日暮らしさん」

「いえ、僕は運転がありますから、お茶で……」

御上さんはちょっと唇を尖らせると、また華沙々木にビールを注《つ》いだ。その隣で菜美がジュースを飲んでいる。馴染みの親戚宅にやってきたかのようにくつろいで、彼女はすっかり場の空気に溶け込んでいた。

「おう、おうおう！」

もうだいぶ酔っぱらっているらしい親方が、将棋の駒のような顔をすれすれまで僕に近づけて、酒臭い息を吐きかけてくる。

「おうマスオ！」

「マサオです」

「マサオ！　おめえ、なかなかいい指してんじゃねえか。こりゃ木工に向いてる指だ。どうだい、俺んとこで修業してみる気はねえかい？」

「あんたまた、そんなこと言って」

「おめえは黙ってろい！」

そんな感じで、親方と御上さんは終始にぎやかだった。古株の匠川は、日本酒の酒瓶を抱えながら、ときおり親方や御上さんのほうを見てはうんうんと顔中に皺《しわ》を寄せて微笑んでいる。顔色がすぐれなかったのは僕と、それから宇佐見と早知子の三人で、僕はただ疲れていただけだが、ほかの二人は、それぞれの物思いに沈んでいるようだった。

やがて親方が立ち上がり、風呂に入ってくると言って居間を出ていった。風呂は一つしかないので、立場が上の人間から順番に入るのだそうだ。

「うちの人がまず入って、最後がアタシかサッちゃん。昨日まではどっちが先もなかったけど、今日からサッちゃんは本弟子になったわけだから、やっぱりアタシより先に入ってもらわないとね」

「あ、私べつに最後でいいです」

「じゃ、いっしょに入る？」

御上さんの言葉に、早知子は頬を硬くして首を横に振った。その仕草は、ただ誘いを断るだけにしては違和感のあるものだった。

「やだわもう、遠慮しなくていいのに。――サッちゃんはね、いっつもこうやって断るのよ。アタシ一回サッちゃんとお風呂入ってみたいわ。ぜったい綺麗な身体してると思うもの。ねえその日暮らしさん？」

「はあ……」

僕が曖昧に首を振ったとき、サイドボードの上の電話が鳴った。受話器を取った御上さんは、相手に丁寧な挨拶をしてから、その受話器を早知子のほうに差し出す。

「お父さんからよ、神奈川の」

「あ、すみません。昼間、電話したんです」

いよいよ本弟子になれたというので、実家の留守電にその報告をしておいたのだと彼女は言った。

「たぶん、そのお祝いだと思います」

微かに頬を持ち上げて受話器を受け取り、早知子は父親としばらく話していた。祝いの電話を受けているにしては、早知子の声が次第に低く、おずおずとしたものになっていったので、僕はそれとなく耳を傾けていた。居間にいたほかの人たちも、そのうち気になってきたらしく、会話をやめ、最後には全員で彼女の背中に注目していた。

「うん……うんでも……え？　だから平気だって……今日ちょっと怖いことがあったけど……あ、べつに大したことじゃ……」

ここで早知子の声が小さくなった。受話器を掌《てのひら》で覆うようにして、訥々《とつとつ》と父親に何か説明している。

「サッちゃんのお父さん、おっきな不動産会社の社長さんなんだけどね」

御上さんは僕と華沙々木のあいだに顔を突き出して囁いた。

「ものすごく厳しい人なのよ。厳しいっていうか、まあ一人娘のサッちゃんのこと心配してるのね。うちに来るときも、考え直すようにずいぶん説得されたらしいわ、サッちゃん。それでも、どうしてもここで働きたいって言って、無理やり家を出てきたのよ。この一年間も、お父さん、何度かここへ来たわ。サッちゃんのこと説得しに」

その厳格で心配性な父親が、いま早知子の口から件《くだん》の物騒な話を聞いているというわけか。

「でも男親って駄目ね、そんなことすればするほどサッちゃんは家になんて絶対帰ってやるもんかって思っちゃうのに。もちろん本人から聞いたわけじゃないけど、アタシわかるわ。女ですもの」

ふうと大きく息をつき、御上さんはいたわるように早知子の背中を見た。

「まさかお父さん、無理やり連れ戻しになんて来なきゃいいけどねえ……」

ほどなくして早知子は電話を切った。こちらに向き直り、全員が自分を見ていることに気づくと、申し訳なさそうに目を伏せる。

「すみません……神木のこと喋っちゃいました。でも大丈夫です、絶対に人には話さないでって言っておきましたから」

「いいのよそんな、気を遣わなくても。うちのことよりサッちゃんだわ。お父さん、どんな感じだった？」

早知子は御上さんの視線を避けるように下を向き、力なく答えた。

「心配はしてましたけど……たぶん、大丈夫だと思います」

「おう、おうマスオ！」

甚平《じんべい》を着た親方が居間に入ってきて、何故か一直線に僕のほうへやってきた。

「俺がいつも風呂上がりに飲んでるスペシャルドリンクだ。ビタミンたっぷりだからおめえも飲め。飲んでみろほれ」

　手にした瓶には透明な液体が入っている。僕は軽く頭を下げ、お茶を飲んでいた湯呑みを差し出した。親方はそれになみなみと液体を注ぎ、一息に飲むよう手振りで示す。断ると面倒くさそうなので、僕はそのとおりにした。

　ずこん、と何かが脳味噌を直撃した。

「残念、テキーラでした！」

けたけたと子供のように笑う親方の声が、すうっと遠のいていった。


　目を醒ましたのは、豆電球だけの薄暗い部屋だ。

　すぐ近くで、騒々しい往復いびきが聞こえている。ぐらつく頭を両手で支えながら上体を起こすと、いびきの主は親方だった。僕を挟んで親方の反対側に、華沙々木が座っている。

　部屋には布団が三組、ぴったりと寄せ合わされて敷かれていた。華沙々木に事情を訊くと、どうやらあれから二時間ほどが経過しているらしい。

「御上さんの好意で一泊させてもらえることになったんだ。南見くんはいま風呂を借りている。今夜は御上さんの部屋で寝るらしい。――それよりね、日暮くん」

　華沙々木はにやりと唇の端を持ち上げた。

「チェ、ッ、ク、メ、イ、ト、だ」

喋ると気持ち悪かったので、僕は適当に相槌《あいづち》を打った。それが彼には気に入らなかったようで、ちょっと嫌な顔をした。

「とうとう突き止めたんだよ、日暮くん。今回の事件の真相を」

「どんな真相だったんだ……？」

はっきり言って、どうにでもなれという心境だった。

「それはまだ話せない。南見くんが風呂を出てきてからだ。きみに説明して、彼女に説明していたのでは二度手間だからね。まあ、気になるだろうからヒントだけ教えてあげよう。ヒントは『力士のシリコン』と『奇妙な文箱』、そして『2引く1は1残る』だ。最後のやつはダブルミーニングだと思ってくれ。僕は明日の朝にでも犯行現場に行ってみるつもりだよ。犯人の遺留品が見つかる可能性があるからね」

「遺留品……」

入り口の襖が開き、廊下の明かりを背にパジャマ姿の菜美が部屋を覗き込んだ。

「日暮さん、起きたんだ。お風呂空いてるよ」

「うん……僕はいいや。頭痛いから」

「ヒノキ風呂で気持ちよさそうなのに。あたしは湯船には入らなかったけど、毛とか浮いてたから」

「南見くん、ちょうどよかった。いま——」

「なあ華沙々木」

僕はすぐさま遮った。

「明日にしようよ。菜美ちゃん、疲れてるだろうから。ゆうべ徹夜でお母さんと喧嘩したっていうじゃないか」

「しかし、せっかく」

「彼女の頭がクリアなときに聞かせたほうがいい。僕もいまは頭痛がひどいから、何を聞いても明日には忘れちゃうよ」

「そうか、それはよくないな」

華沙々木は素直に頷き、菜美に向き直って「何でもない」と言った。菜美は軽く首をかしげただけだった。

「じゃ、あたし御上さんの部屋で寝るから」

「明日はちゃんと家に帰るんだよ」

僕の言葉に頷くような、頷かないような仕草を返し、彼女は襖を閉めた。

やがて華沙々木が豆電球を消し、僕たちはそれぞれの布団に身を横たえた。親方の往復いびきに混じり、華沙々木のすこやかな寝息が聞こえはじめた頃、僕は溜息とともに起き上がって部屋を出た。身体がふらつくし、頭の中に釘《くぎ》が詰まっているようだったけれど、どうしてもやらなければならないことがあったのだ。

(六)

早朝、遠くから聞こえる男性の声で目が醒めた。

誰だろう、厳しい口調で何か言っている。身を起こすと、窓から朝日の射し込む部屋の中に親方の姿はなかった。隣で華沙々木が目をこすりながら襖の外に耳を傾けている。その襖がひらき、寝癖をつけた菜美が慌てた顔を覗かせた。

「サチさんのお父さんが来て、なんかまずいことになってるよ!」

居間へ行ってみると、緊迫した空気がいきなり膚《はだ》に迫った。

「とにかく荷物をまとめなさい。お前の話はあとで聞く」

実直そうな顔と、真っ直ぐに伸ばされた背筋。まるで活字がスーツを着たような印象の男性だった。居間には工房の面々が集まっている。スウェット姿の早知子が父親の前でうなだれ、唇を、色がなくなるほど強く結んでいた。

「しかし、お父さん――」

親方が何か言いかけるのを父親は素早く片手で遮り、早知子にもう一度言う。

「早く荷物をまとめなさい。脅迫めいたことをされるような物騒な場所に、これ以上お前を置いておくわけにはいかない」

昨夜の御上さんの心配が、現実のものとなったのだ。

うつむいた早知子の肩が震え、腕が震え、細い背中が強張った。透明な滴《しずく》が頬を伝い、小さな顎から床へと落ちた。その涙は張り詰めた部屋の空気を通じて僕のほうまで伝染し、起き抜けの鼻の奥に、ちりちりと痛みを走らせた。早知子の涙の意味を、僕は考えながら——何も言えずに立ちすくんでいた。

「言いなりになることないで」

そんな声とともに一歩前へ出たのは、意外にも宇佐見だった。

「自分の居場所は自分で決めるもんや。あんた、ここで働きたくて弟子入りしたのやろ？　この一年間、必死で頑張ってきたのやろ？　父親がぎゃあぎゃあ言《ゆ》うたかて、そんなん気にすることあれへん」

「ぎゃあぎゃあ……？」

父親の目が、五センチほど高い位置から宇佐見の目を見下ろした。宇佐見は動じず、相手の視線を跳ね返すように顎を上げた。

「いいんです、宇佐見さん」

早知子の声は、彼女を取り囲む緊迫感の中で消えてしまいそうだった。

「私、もう諦めます」

「諦めるて……あんた、ほんまにそれでええんか？」

「宇佐見さんや、親方やタクさんや御上さんに……ご迷惑はかけたくありません」

「そやかて」

「いいんです」

会話に無理やり句点を落とすように、早知子は強い声を発した。それから親方に向き直り、静かに言う。

「昨日運んでもらった家財道具の料金、私のお給料から引いてください。せっかく本弟子にしていただいたのに……本当にご迷惑をおかけしました」

深く頭を下げ、怒気と哀れみが充満した沈黙の中、早知子は居間を出ていった。

「荷物を片付けてきます」

その後ろを、表情一つ変えずに父親がついていく。早知子が玄関の引き戸を開けたとき、山の風景にそぐわない黒塗りの高級車が、朝の陽光を跳ね返しているのが見えた。

「思ったとおりだよ」

華沙々木が低く呟く。そして目顔で僕と菜美を玄関へと促した。三人で引き戸を開けて出てみると、宿舎のほうへ向かう道に、早知子と父親の無言の後ろ姿があった。華沙々木が苦々しげに言う。

「早知子さんも可哀想に。しかし、あの宇佐見という男……まったく大した演技力だな」

「華沙々木さん、それどういう意味？」

「あとで説明する。まずは僕の推理が正しいかどうかを確認しなければならない。従いてきてくれ」

先に立って華沙々木が歩き出した。宿舎の入り口まで行き着くと、ためらいもなく廊下を進み、がたごとと物音が聞こえる早知子の部屋の前に立つ。ドア口の脇には、父親が持ってきたらしいスーツケースが二つ、無造作に置かれていた。

「何か手伝いましょうか？」

華沙々木が部屋に入り、箪笥から洋服類を取り出していた早知子に声をかけた。奥の壁に寄りかかっていた父親が、怪訝《けげん》な顔を向けてくる。

「あ、いえ大丈夫です……華沙々木さんたちにも、ほんとにご迷惑をおかけしました。菜美ちゃんも、ごめんね」

「なに我々は構いません。それより、ひとつ元気を出してください。こんなことに負けてはいけない」

言いながら、華沙々木は部屋の中をそれとなく見回していた。しかし捜しものは見つからないらしい。彼の背後に立っていた僕は、屈み込み、廊下に置かれていたスーツケースを少しひらいた。

「ん……何だこれ」

小声で言うと、華沙々木が反応して振り返った。

スーツケースの中に手を差し入れ、僕は二つの白い物体を取り出した。表面はふわふわと柔らかい手触りで、掌サイズの小山のような形をしている。小ぶりのフリスビーのようでもあり、甘食《あましょく》のようでもあり、肩パッドのようでもあった。

華沙々木が一瞬眉を上げ、僕だけに聞こえる声で囁いた。

「戻しておきたまえ、日暮くん。確認できただけで十分だ」

僕がそれをスーツケースに戻すと、彼は部屋に向かって「お邪魔しました」と声をかけ、そそくさと宿舎を出ていった。菜美と僕は慌ててそれを追いかけた。

ところで先ほどの白い二つの物体が何だったかというと、フリスビーではなく、甘食ではなく、肩パッドでもなく——。

「あれは胸パッドだよ日暮くん」

そう、それが正解だった。

「胸パッド?」

「何であんなところに胸パッドが?」

僕と菜美の質問を、華沙々木は長細い人差し指で押しとどめた。

「神木が傷つけられたという貯木場は、ここから少し下った場所にあるらしいね。これからそこへ行く。僕の推理を証明するのに必要な証拠が、まだ見つかるかもしれない」

僕たちは山道を下りはじめた。木々の葉が頭上にせり出し、空にモザイクがかかり、やがてそのモザイクの一部が大きくひらけて、大量の丸太が積んである場所に出た。ここが例の「神木損壊事件」の犯行現場というわけだ。

すぐそばの木立で、蜩が一匹鳴き出した。声は連鎖し合うようにどんどん数を増し、数秒後にはあたり一面を賑々《にぎにぎ》しく包み込んでいた。昨日、川の対岸に聞いた声とはまったく違い、それは耳を刺すような騒音だった。

「朝も鳴くのね」

「そのようだね。しかし……この声は遠くで聞くからいいんだな。『マーフィーの法則』に挙げられている『観察の法則』の通りだよ。――『どんなものでも、近くで見ると、遠くで見たときほど素敵には見えない』」

華沙々木が顔をしかめる。まったくそのとおりだと僕は思った。

「ところで南見くん、日暮くん、地面をよく探してみてくれないか。何か変わったものを見つけたらすぐに報せるんだ」

と言われたので、僕たちは地面に首を垂らしてうろうろしはじめたのだが、それほど長くつづける必要はなかった。あ、と菜美がものの二十秒ほどで声を上げたからだ。

「ねえ華沙々木さん、これもしかして螺鈿じゃない？」

「でかしたぞ南見くん！」

満面に興奮の色を浮かべて駆けつけた華沙々木は、菜美の手からその白い薄片を受け取ると、顔にくっつけるようにして注視した。薄片は花びらのかたちをしていて、先のほうが羽毛のように細く分かれている。

「ナデシコだ。ナデシコをかたどった螺鈿だ」

華沙々木はおもむろに僕たちに向き直った。そして数秒沈黙したあと、厳《おごそ》かにこう宣言したのだった。

「すべてを説明しよう」

菜美が顔を輝かせて姿勢を正す。

「今回の事件は、宇佐見啓徳という一人の男が自らの野心を成就させるため、綿密な計算のもとに計画されたものだったんだ」

「宇佐見さんが？」

菜美が目を瞠《みは》る。

「南見くん、きみは憶えているかい、昨日河原で彼が呟いた言葉を。足下のナデシコを見下ろして彼は、『神輿の螺鈿細工にこの花を散らすのもいいかもしれない』というようなことを言っていた。いっぽうで、神木が傷つけられた現場であるこの貯木場に、ナデシコの螺鈿細工が落ちている。両者の事実は矛盾すると思わないかい？」

「矛盾……？」

「昨日初めてデ、デ、デザインを思い、い、い、い、いついたはずの、螺鈿が、い、いまここ、こ、こに落ちてるはずが、な、な、ないじゃ、ないか」

　あっと菜美は声を洩らした。

「そうだわ！　あれからすぐに宴会がはじまって、宇佐見さんに螺鈿をつくる時間なんてなかったはず！」

「そのとおり。するとこの螺鈿は、昨日以前につくられたものということになる。河原で初めて螺鈿細工のデザインを思いついたというのは嘘だったのさ。彼は、本当は以前から神輿の螺鈿細工にナデシコのデザインを採用することを決めていて、実際にそれをこっそり製作してさえいた。——でも南見くん、おかしいとは思わないか？　だってあの神木を使って神輿をつくると決まったのは昨日の朝だ。それまでは、鳥居をつくるか神輿をつくるかわからなかった。神木が傷つけられたせいで、神輿に決めざるをえなくなったんだ。それなのに宇佐見は、事前に神輿用の螺鈿を準備していた。どうしてそんなことができたか。それは彼が、あの神木で神輿が製作されることになると知っていたからだ。いったいどうして彼に、そんなことがわかったか？　答えは一つしかない」

　試すように、華沙々木は菜美の顔を見た。

「もしかして……宇佐見さん自身が、神木を傷つける計画を思いついて、それを実行したから？」

「パーフェクトだ南見くん！　この螺鈿は、その計画の実行時、うっかりここに落としていってしまったのに違いない。おそらく作務衣の裾にでもくっついていたのだろう。犯行が深夜なら、寝間着についていたのかもしれないけどね」

菜美が途惑《とまど》ったように訊いた。

「でも、どうして宇佐見さんはそんなことを？」

「第一の目的はもちろん、自分が活躍する場をつくるためさ。2引く1は1残る——鳥居の製作を不可能にすることで、工房はもう神輿をつくるしかなくなる。そして彼は、神輿の螺鈿細工という大きな仕事を任せてもらえることになる。しかしそれだけじゃなかった。今回の神木の損壊は、彼にとって一石二鳥の計画だったんだ。ではもう一つの目的とは何か——それは、かねがね邪魔に思っていた早知子さんを工房から追い出すことだった。親方や御上さんに目をかけられ、木工の素質にも恵まれ、これから本弟子になろうとしている早知子さんをね。ここでもまた、2引く1は1残るだ。工房に若い弟子は二人しかいない。そのうちの一人を排除することができれば、残る自分はいまよりももっと注目してもらえる。そう宇佐見は考えたのさ。早知子さんを工房から追い出すため、宇佐見は早知子さんの父親を利用することにした。父親が厳格で、心配性であることを知っていた彼は、工房で何か物騒な出来事が起きれば、きっと早知子さんを連れ戻しに来ると踏んでいたんだ。しかし、そのためにはただ神木を傷つけるだけではインパクトが足りなかった」

「だから……だから神木にあんなメッセージを刻んだ？」

「いいぞ南見くん！」

華沙々木は菜美の額にぴたりと人差し指を向けた。

「神木に刻むメッセージは、物騒な内容であり、父親が早知子さんの身の危険を感じてくれるものでさえあれば何でもよかった。そこで彼は『お前もこうなるぞ』という、いかにも物騒なメッセージを刻んだんだ。それを、ゆうべ早知子さんが電話で父親に話してしまったというわけさ。もし早知子さんが話さなければ、きっと宇佐見が自ら話すつもりでいたのだろうね。あるいは手紙か何かの手段を考えていたのかもしれない。とにかく、その必要はなかった。早知子さんとの電話で、父親は今朝、さっそく工房にやってきてくれた。そして宇佐見の目論んでいたとおり、早知子さんに荷物をまとめて工房を出るよう命じたというわけさ」

深い息をつき、華沙々木は虚空を睨みつけた。そして胸に迫った哀しみをゆっくりと咀《そ》嚼《しゃく》するように、そのまましばらく沈黙した。あまり時間もなかったので、僕は話をつづけてもらうことにした。

「なあ華沙々木。宇佐見さんが早知子さんを追い出そうとしたのは今回が初めてだったのかな？　それとも、もしかしたらこれまでにも宇佐見さんは彼女のことを——」

サッと片手で制され、僕は言葉を呑み込んだ。

「もちろん今回が初めてじゃない。彼はこれまで、ある事実をネタに早知子さんを攻撃しつづけてきた。でもその前に日暮くん、一つ指摘させてもらおう。きみの言葉遣いは間違っている」

「言葉遣いが?」

「彼女じゃない——彼だ」

僕は目をひん剝いて首を突き出した。

「早知子さんは女性ではなく男性だ。早知子というのも明らかに偽名で、たとえば早知夫とか、本当はそんな名前なんだと思う。その事実を必死に隠し、彼はこれまであの工房で過ごしてきたんだ。そしてそれこそが、宇佐見が握っていたネタだった。宿舎のスーツケースにあったあの胸パッドが、早知子さんが男性である何よりの証拠さ。御上さんといっしょに風呂へ入るのを早知子さんは嫌がっていたというが、あれも当たり前のことだったんだよ。裸になったら一発でばれてしまうからね。——しかし、たった一人、早知子さんが男性であることを見破ってしまった人物がいた。それが宇佐見だったのさ。彼が昨日言った言葉を思い出してくれ。僕たちのいるその場所で、堂々と早知子さんを脅したあの言葉を」

「宇佐見さんが早知子さんを脅した言葉……?」

「早知子さんがつくった文箱のことさ。材料を間違って使ってしまい、早知子さんは半分ヒノキ、半分サワラの文箱をつくってしまった。それを宇佐見は『あんたみたい』だと言った。あれこそ、彼の狡猾《こうかつ》さが如実に表れている言葉じゃないか。周囲の人間にはその意味に気づかれず、なおかつ早知子さんには強烈な攻撃となるひと言だったんだから」

「どうしてその言葉が、早知子さんへの攻撃になるの？」

「南見くん、きみは——」

鋭い眼光で菜美を見据え、華沙々木は訊いた。

「きみは学校で、まだ性染色体のことを習ってはいないかな？」

学校では習っていないが本で読んだことがあると菜美は答えた。

「では思い出してくれ。性染色体XとYを両方持つのは男だったか女だったか？」

「男よ。そう書いてあったもの」

「上出来だ。ここでもう一つ思い出してもらおう。昨日御上さんは我々に、ヒノキとサワラをどうやって見分けると教えてくれた？」

しばらく考えていた菜美の顔が、あるときハッと表情を変えた。華沙々木の言いたいことに気がついたのだろう。

「葉裏の模様がYとX——そう教えてくれた！　わかったわ。ヒノキとサワラ、つまりYとX。これは男性の性染色体の型だから、文箱が『あんたみたい』だっていう宇佐見さんの言葉は、早知子さんにとっては『お前は男だ』っていう攻撃にほかならなかったのね！」

まさに模範解答だった。華沙々木は満足げに頷く。

「あの類の脅し、あるいは心理的な攻撃を、宇佐見はこれまで何度も早知子さんに仕掛けてきたのだろうね。しかしそれでも早知子さんが工房を出ていかないものだから、仕方なく今回のような強硬手段に出たんだ。早知子さんが本弟子として働きはじめる、その前に」

「でも……でも華沙々木さん、どういうことなの？　早知子さんが男性って、どうしてそんな」

「すべては憧れのため――僕はそう考えている」

華沙々木の額に、苦しげな縦皺が一本刻まれた。

「御上さんが言っていただろう。親方は弟子入り志願の人たちをほとんど門前払いしてしまうと。そして、早知子さんが仮弟子として働くことを許されたのは、親方が木工に女性ならではの観点を取り入れることを考えたからだったと。もし素人の早知子さんが男性として弟子入りを志願していたら、おそらくほかの多くの人たちと同様、門前払いを食らっていただろう。そしてそのことを、早知子さん自身もわかっていた。それでも、どうしてもこの工房で働きたい。だから早知子さんは一計を案じた。自分が小柄であること、そして女性っぽい容姿をしていることを利用したんだ」

「あっ、そういえば早知子さん、髪を短くして男物の服を着たら、男性に見えないこともないわ！」

それはほとんどの女性に言えることだろうが、僕は深刻な顔をして頷いた。華沙々木がゆるゆると首を振り、悲痛な面持ちでつづける。

「早知子さんの行為は、力士になるための入門規定をパスすべく、頭のてっぺんにシリコンを入れて身長を伸ばすようなものだった。ただし早知子さんの場合は、入門してしまえばそれでお終《しま》いというわけじゃない。毎日毎日、自分が本当は男性であることを隠しながら暮らすことは、どんなに辛かったろうと思う。そしてそれは彼女も――いや彼も、十分承知の上だったに違いない。歴史ある、憧れの工房で働くための悲壮な決意だったのだろう。僕は彼の決意に敬意を表し、この事実は誰にも話さないつもりだ。墓の下まで持っていくよ」

そのほうがいいだろう。

「さあ、もう戻ろう。軽トラに乗ってこの山を下りる時間がやってきた」

華沙々木は高い空を見上げた。

「罪の香りは刺激的だ……しかしそれだけに、あまり長く嗅いでいると毒になる」

そして彼は、手にした白い薄片を、さもどうでもよさそうに地面へ放り捨てた。僕たちに背を向け、山道へと戻っていく。

「待って、華沙々木さん。宇佐見さんを告発はしないの？　罪を知りながら見逃すなんて――」

「それは違うよ、南見くん」

華沙々木は背を向けたまま言う。立ち止まり、くるりと振り返ったその顔には、疲れたような、どこか寂しげな笑みが浮かんでいた。

「これは、彼ら二人のゲームだったんだ。互いの夢と野心を求め、罪というチップを賭《か》けたゲームだったんだよ。今回宇佐見のやったことが罪ならば、早知子さんが性別を偽って働いてきたことだって罪さ。そして僕たちはゲームの審判じゃない。ただの観客にすぎないんだ」

ふたたび僕たちに背中を向け、彼は最後に言った。

「ゲームが終わったら、観客は家に帰るものさ」

降りかかるような蜩の声を背負い、うつむきがちに歩いていく華沙々木を、菜美はしばしじっと見つめていた。やがて、胸にこみ上げた思いに押されるように駆け出すと、勢いよく華沙々木の背中に抱きついた。華沙々木が何か言い、菜美が笑い声を上げる。その明るい笑い声が、蜩の鳴き声と混じり合っていくのを聞きながら、僕は寝不足の目をこすった。身を屈め、土の上に落ちていた白い薄片をそっと拾い、財布に仕舞う。ゆうべはけっきょく、ほとんど眠る時間がなかった。華沙々木のためじゃない、菜美のためだ。「天才・華沙々木」がいるから、彼女はこうして明るい笑い声を上げながら暮らしていける。

彼女を落胆させるわけにはいかない。

（七）

工房に戻り、僕たちは親方だけに簡単な挨拶をした。

「菜美ちゃん、今日はちゃんと家に帰ったほうがいいよ」

軽トラに乗り込むとき、僕がそう言うと、菜美は意外にも笑って答えた。

「当たり前じゃん、帰るよ」

ほっとしたが、どうしていきなりこんなに素直になったのだろう。助手席のドアを開けながら、彼女は小声で言う。

「さっきの華沙々木さんの言葉、聞いてなかったの？　観客は、ゲームが終わったら家に帰るものなのよ」

へえ、と思った。華沙々木の言葉が、こんなところで役に立っているとは。

三人で軽トラに乗り込み、工房をあとにする。例によって荷台に乗せられていた僕は、車が三十秒ほど走ったところで身を乗り出し、運転席のウィンドウを叩いた。

「ごめん、トイレ借りてくる。吐きそうだ」

「二日酔いかい？　勘弁してくれよ」

駆け足で工房まで戻ったが、玄関へは入らず、僕はそのまま宿舎のほうへと向かった。荷物の整理を終えたらしい、ジーンズとTシャツ姿の早知子が、父親といっしょに部屋の前に立っている。早知子の手には、あの「胸パッド」があった。近づいてきた僕に、彼女は途惑うような目を向け、自分の手にしたそれを持ち上げて見せた。

「これ……何でしょう？　トランクに入ってたんです」

「さあ、御上さんからの餞別《せんべつ》じゃないですか？　だってそれ、小皿ですよね」

「ええ、小皿に……緩衝材が巻いてあるみたい。でも、ボンドで丁寧にくっつけてあるんです」

それは御上さんが胡麻煎餅とおかきを盛っていた、あの揃いの小皿に、木工品に巻く薄い発泡スチロールの緩衝材を貼りつけたものだった。ゆうべみんなが寝静まったあと、台所と作業場に忍び込んで僕がつくった「胸パッド」だ。先ほど華沙々木がこの部屋に入ったとき、彼の背後でこっそりスーツケースに入れたのだった。

「それより早知子さん、ちょっとだけ時間をいただいてもいいですか？」

思い切って、僕は彼女をあの河原まで連れ出すことにした。父親は不審気な表情を見せたが、いよいよ娘を家に連れて帰れるというので少しは心が大らかになっていたのか、何も言わなかった。

昨日と同じ場所に、僕は座った。

途惑うようにして、早知子も隣に座った。

「お訊きしたかったんです」

微かな風が吹き、早知子の前髪を揺らした。それが邪魔だったらしく、彼女がさっと小さく頭を振ると、髪は一、二度耳の上で揺れて、またもとの場所に戻った。夏の風に、こんなに美しく髪をそよがせることのできる人が、男性であるわけがない。

「早知子さんは――どうして今朝、泣いたんです？　自分の望みが叶ったというのに」

そのひと言で、どうやら彼女はわかってくれたらしい。一瞬だけ両目を広げて僕を見たが、すぐに顔を伏せて呟いた。

「知ってたんですか……」

僕は頷き、もう一度同じ質問をした。すると彼女はずいぶん迷ってからこう答えた。

「きっと……自分のやったことが恥ずかしかったんだと思います。それに、とても哀しかったんです。身勝手な言い草ですけど」

「人間なんて、みんな身勝手なものですよ」

また、風が吹いた。早知子はさっきよりもずっと投げやりな仕草で前髪を払った。

「でも、きっと私ほどじゃありません」

「僕はあなたのことを、そんなに身勝手な人だとは思っていないんです。だって、最後まで工房のことを考えていたじゃないですか。あの神木に傷をつけたときも――工房から逃げ出すという目的を達成するためには、もっと無茶苦茶にやってしまってもよかったはずです。

むしろそのほうが、お父さんがそれを聞き知ったときのインパクトが大きいから、あなたを連れ戻しにやってくる確率は高まったかもしれない。でもあなたは、神輿であればまだ製作が可能なように、上手くあの神木に傷をつけた」

早知子は答えず、無言で自分の膝を抱き寄せた。

今回の華沙々木の推理は、ある部分で非常に惜しかったのだ。たしかに犯人は神木を損壊する際、それを使って神輿をつくることができるような場所を選んで傷をつけた。そして、早知子の父親がその事件を聞き知り、彼女を心配して工房から連れ戻しにやってくることを目的としていた。しかし肝心なところが違っている。それをやったのは宇佐見ではなく、早知子だ。

「憧れだけで弟子入りして、実際にそこで生活するのがどういうことなのか深く考えもしないで……私、ほんとに子供でした。木工は楽しかったけど、やっぱり男の人の世界だったんです。私には無理だったんです。仮弟子になってここで暮らしはじめて、すぐに気づきました。一生懸命に仕事して、夕食が終わってからも一人で鉋とか鑿《のみ》の練習をして、これが私のやりたかったことなんだ、こうやって働くことが憧れだったんだって、毎日自分に言い聞かせていたんですけど」

涙がこみ上げたらしく、早知子はそれを堪えるように、一度強く目を閉じた。

「――やっぱり無理でした」

一年間、彼女はそんな辛い思いを自分の胸だけに秘めてきたのだ。

「きっと私、ドラマや小説に出てくるような女の人に、ただなりたかっただけなんです。見た目も名前も平凡だから、どうにかして、そういうふうになりたかったんです。でも、父の大反対を押し切って家を出てきたし、辞めたいって言い出せなくて……工房の人たちにも、父にも」

そうしているあいだに、とうとう彼女は親方に本弟子として認められてしまった。宿舎に家財道具を用意され、いよいよあとに退《ひ》けない状況が自分の周囲で出来上がりつつあった。逃げ出したい。家に帰りたい。しかしそれを打ち明ける相手はいない。

「追い詰められて……私、とんでもないことをしてしまいました。親方や御上さんや、タクさんや宇佐見さんに、恩を仇で返すようなことを」

ふたたび涙がこみ上げたらしく、早知子は目を閉じた。しかし今度の涙は堪えきれず、瞼《まぶた》の端から頬を伝った。それが彼女のTシャツに落ち、染み込んで消えていくのを見守りながら、僕は言った。

「昨日の作業場での様子や宴会——あの男臭い日常の風景を見て、女性が馴染むのは難しいだろうなとすぐに思いました。お風呂だって、早知子さん、いつも湯船には浸かれなかったんでしょう？　ゆうべ、菜美ちゃんも浸かれなかったと言ってました」

自分が湯船に浸かれないことを御上さんに知られるのが嫌で、早知子はこれまでいっしょに風呂に入ろうと誘われても断っていたのだろう。

思えば僕たちが昨日運んできた家財道具も、早知子が選んだものではなく、親方が電話で注文したものだった。親方としては、余計なことに早知子の手を煩わせず、仕事に集中させてやろうという親心からだったのかもしれないが、これから毎日使う家財道具を彼女に選ばせてやらないというのは、まさに男性ならではの無理強いだ。僕たちが宿舎の部屋にそれらの品を運び込んだとき、早知子がひどく投げやりに置き場所を指示していたのが思い出された。

早知子にとって、この工房での暮らしは、蜩の鳴き声と同じだったのだろう。遠くから聞いているときは耳に心地よかった。しかし実際に近くで聞いてみると、想像していたものとはまったく違っていたのだ。

「今朝、宇佐見さんはあなたを工房にとどまらせようとして、お父さんにずいぶんと食ってかかっていましたね。僕は、あの人だけは早知子さんの気持ちを知っていたと思っていたので、ちょっと意外でした」

早知子は微かに顎を引いた。

「たしかに宇佐見さんだけは、私の気持ちに気づいてました。あの人も、私がここへ来る半年前に京都からやってきて、実力を磨こうと毎日一生懸命だったから——中途半端な私の気持ちを簡単に察することができたんだと思います。私何度か、宇佐見さんに叱られました」

「どんなふうに？」

「直截《ちょくせつ》にじゃありません。あんまりはっきりしたことを言ってしまったら、私がいよいよ嫌になって、辞めてしまうのではないかと気を遣ってくれたんだと思います。あの人は優しい人でした。いつも遠回しに私の半端さを指摘して、激励してくれて」

――あの文箱、まるであんたみたいやったわ。

あれも、きっと一つの激励だったのだろう。半分ヒノキで半分サワラの文箱を、早知子の心に似ていると宇佐見は言いたかったのだ。

早知子が神木を傷つけるとき、鳥居をつくることができないようにしたのは、そんな先輩への返礼の意味もあったのだろうか。工房で神輿を製作せざるをえない状況にし、彼が螺鈿細工の腕を存分に揮《ふる》える機会をつくってやろうという考えもあったのだろうか。

僕がそれを訊くと、彼女は曖昧に視線を下げた。そして何も答えなかった。しかしその沈黙は言葉よりも雄弁で、僕は彼女が先ほど口にした「身勝手」という表現を、もう一度心の中で否定した。

ちょうど僕たちのあいだに、ナデシコの花が咲いていた。

「そういえば宇佐見さん、神輿の螺鈿細工にこの花のデザインを使おうか、なんて言ってましたよ」

ピンク色の柔らかい花を、僕は指でつついた。

「ナデシコを?」

「ええ。これを使って立派な螺鈿細工をつくったら、あなたに何かをわからせてあげられるかもしれないって。その『何か』というのが何なのか、僕にはそのときわからなかったんです。でも、いま気づきました」

花びらを撫でながら、彼女に自分の考えを伝えてみた。

「ナデシコの花言葉は『純愛』です。なにも純愛といっても、男女のあいだだけじゃありません。宇佐見さんは、素質に恵まれたあなたに、木工への真っ直ぐな愛情を注いでもらいたかったんだと思います。『純愛』をたくさん散らした立派な螺鈿細工をあなたに見せて、その花言葉を教えることで、真っ直ぐであることの素晴らしさを話して聞かせようとしたんじゃないでしょうか。真っ直ぐな愛情は、こんなにも綺麗な模様を描くんだっていうことを」

夏の風に揺れるナデシコを、早知子は弱い目で見つめていた。やがてその目を上げると、いまにも泣き出しそうな顔で微笑んだ。

「そんな螺鈿細工を見せつけられて、諭《さと》されていたら……もしかすると、気持ちを入れ替えることができていたかもしれませんね」

まだ間に合う、というような言葉を彼女は聞きたくなかったのだろう。不意に微笑を掻き消すと、顔を正面に向けて川を見つめた。気づけば、あたりには夏らしい気配が顔を揃えている。陽光を跳ね返す透明な水。ときおり葉裏を見せる深緑の草。空の向こうの入道雲。蜩は、いまは鳴いていない。遠くにも近くにも、その声は聞こえなかった。

腕時計を覗き、僕は膝を立てた。

「そろそろ失礼します。余計なことを長々と、すみませんでした」

早知子は僕にTシャツの肩を見せたまま、簡単な別れの挨拶だけを口にした。去り際、彼女のうつむいた頬が、微かに震えていることに気がついた。その震えはしだいに大きくなっていき、細い細い声が咽喉から洩れ、早知子は膝をぐっと自分のほうへ抱き寄せて、泣きはじめた。それは静かなすすり泣きだった。しかし僕の身体は彼女の泣き声ですぐにいっぱいになった。迷い——迷い、迷い、迷った末に僕がそのまま歩き出そうとすると、彼女は意識的に出したような低い声を聞かせた。

「私、きっとこれから何をやっても駄目です。自分でわかります。ずっと平凡なままなんです。このまま私、何の取り柄も——」

言葉のつづきは涙の中に消えた。ついで、抑えた嗚咽《おえつ》が彼女の細い背中を間欠的に震わせた。僕はその背中に向き直り——聞いてくれるかどうかはわからないが、さっきからずっと自分が感じていたことを話すことにした。

「どうして川が曲がりくねっているか、知ってますか？」

答えはなかった。それでも僕はつづけた。

「水が、高いところを避けて通るからです。だから川は、こうして曲がりながら延びていく。

この川なんて、とくにそうです。右に左に、よく曲がってる。でも、すごく綺麗だと思いませんか?」

今度も、返ってきたのは嗚咽だけだった。目の前にある川を見まいとするように、彼女はジーンズの膝に両目を押しつけていた。

「昨日この河原へ来たとき、僕は思ったんです。もしこの川が真っ直ぐだったら、絵にならないだろうなって。だってそれじゃ、ぜんぜん川らしくないですから。だから川は、これが正しいんです。曲がりくねって流れるものなんです。曲がりくねっているから流れるんです。誰かが地図の上にものさしで引いた上を流れろと言われても、そんなことはできません」

早知子の背中に語りかけながら、僕は自分でも何を言っているのか、はっきりとはわからなかった。わからなかったが、そのわからないことを、どうしても彼女に伝えたかった。

「人間って、毎日毎日いろんなことを考えて、いろんなものに憧れて、曲がりくねってるものです。誰だってそうです。そうやって流れているあいだは、行き着く先なんてわかりません。でも僕は思うんです。曲がりくねることは、大事なことです」

やがて、早知子は泣きやんだ。まだ涙の余韻を全身に残しながら、眠たい子供のように、ぼんやりと川に視線を向けていた。山鳥が川面すれすれを飛んでいき、その尾が一瞬、水を叩いた。

「曲がりくねった記念に——」

僕は早知子の隣にしゃがみ込み、財布からあの白い薄片を取り出した。

「これ、もしよかったら」

彼女はそれを掌に載せて不思議そうに見た。

「……螺鈿？」

僕は首を横に振った。

「ゆうべ、つくったんです。ここに咲いていたナデシコの花びらを、菜美ちゃんが持っていた修正ペンで白く染めて、作業場にあったニスを塗りました」

何のためにつくったのかと訊かれたら、どうしよう。答えなど用意していない。しかしそんな心配は要らなかった。早知子は掌の上の偽螺鈿を、濡れた墨色の目でしばらく見つめていたが、やがてそれを受け取るという合図のように、そっと自分の胸に引き寄せた。

「ゆうべ親方も言ってましたけど――」

川面から流れてきた微風に、彼女は穏やかな声を乗せた。

「日暮さん、いい職人になれるかもしれませんね」

「修正ペンをたくさん買って、修業します」

彼女は少し笑ってくれた。その笑顔がとても綺麗で――どんな人の顔にも見たことがないくらい綺麗で、僕はどうしてか、急に泣きたくなった。慌てて顔をそむけたとき、川の向こうでいきなり蜩が鳴き出した。僕のかわりに、一匹、二匹、三匹――そして対岸は、あっという間に美しい鳴き声で溢れた。早知子も驚いたようで、顔を上げ、少し首をかしげて川の向こうを見た。遠くから聞く蜩の声は、やはりとても美しく、耳に心地よく、そう思ったら、とうとうちょっと涙が出た。その涙を誤魔化《ごまか》そうと、僕は無理に言葉を口にした。

「蜩のことを、『日暮れ惜しみ』って呼ぶ地方もあるらしいですね」

「日暮れ惜しみ……」

この場を立ち去ることが、僕はいまとても惜しかった。

惜しむというのはきっと、忘れたくないということなのだろう。大切にするということなのだろう。そして、いつか思い出から取り出して、自分の力にするために、心のどこかに取っておくということなのだろう。僕はべつに、早知子にもこの瞬間を惜しんで欲しいなどとは思わない。ただ、自分が工房で過ごした一年間を、惜しんで欲しいと思った。いまでなくてもいい。いつの日か、どこかで惜しんでくれれば。思い出から取り出して、自分の力に変えてくれれば。そして僕は、彼女ならきっとそうしてくれるだろうと信じていた。

「お父さん、ちょっと痩せてたな……」

遠い蜩の声に、早知子が呟いた。

秋

南の絆《きずな》

（一）

軽トラの運転席を降りると、ここ数日でぐっと冷たさを増した風が襟元を吹き抜けていった。太陽はいつのまにか姿を隠し、曇り日の湿った空気があたりに立ち籠め、駐車場の隅では曼珠沙華《まんじゅしゃげ》が赤い花を揺らし、そして、やはり財布には金がないのだった。

「因業和尚め……」

今回も、やられたのだ。

軽トラの荷台には三つのギターケースが並んでいた。中にはそれぞれアコースティックギター、クラシックギター、エレキギターが入っている。たったいま黄豊寺の住職に売りつけられてきたものだ。春に起きた「ブロンズ像放火未遂事件」や、夏の「神木損壊事件」のとき、粗大ゴミ同然の箪笥や文机を高額で買い取らせた住職は、本日またも僕を寺に呼びつけて、本堂の壁に立てかけてあった三本のギターを示したのだ。

一見して、どれも相当に古かった。わざとかどうか知らないが、弦がすべて外されていたので、ちゃんと音が出るのかどうかも定かではない。なまはげが禿《は》げたような、恐ろしい顔をした住職は、そんなギターたちを懐かしげに眺め、自分は若かったころ音楽の魅力に取り憑《つ》かれていたのだと呟いた。そして僕に向き直って「無我」について語った。自分がこの寺で寝起きしながら追求している「無我」の基本とは、過去を忘れ去ることであり、過去とは思い出のことであり、思い出とは自分にとってこれらギターそのものであると。だから、まとめて買い取ってくれと。

——いくらで？

僕が恐る恐る訊ねると、住職はフランクフルトほどもある指を二本立てた。

——二千円ですか？

一本六百六十六円、悪くない。しかし住職はチョッチョッと舌を鳴らす。

——もしかして、二万円……？

今度はチョッチョッチョッと舌を鳴らす。そして住職は、一、一本二万円だと言った。僕はぎょっとして、秋だというのに汗をかきながら打ち明けた。前回の文机も前々回の箪笥も、こちらとしては完全に赤字だったということを。しかし住職は、無我を目指している自分はそういった過去を捨てたのだと、哀しげに遠くを見るばかりだった。

不退転の覚悟で交渉した結果、買い取り価格は一本六千円にまで落とすことができたが、現金を受け取る住職がニンマリしていたところを見ると、それでも僕の完敗だったのだろう。もしやこれは、恐喝に近いのではなかろうか。

「いいかげん、華沙々木も怒るだろうな……」

三つのギターケースを抱え、とぼとぼと倉庫へ向かう。入り口に掲げられた看板は暗い空の色を映して、なんだかいつもよりいっそう景気が悪そうに見える。


『リサイクルショップ・カササギ』

雑多な在庫商品の隙間を抜けて奥へと進む。額縁、富士通のワープロ、『寺内貫太郎一家』DVD‐BOX、エスプレッソメーカー、乗馬型ダイエットマシン、『シティーハンター』——。


「だぁ！」

天井から生首が逆さまにぶら下がっているのを発見して僕は叫び声を上げた。

「日暮さん、もしかしてそれギター？」

梯子を上った二階にある事務所から、菜美が首だけを突き出してこちらを覗いていたのだ。

「やめてよ菜美ちゃん……え？　ああうんギターだけど」

「あたし、前からギターやってみたかったんだよね。それ売ってくれない？　リペアしたら、ちゃんと弾けるようになるんでしょ？」

「弾けるから買い取ってきたんだよ」

「嘘。無理やり買い取らされたくせに」

「無理やりなんかじゃないさ。こっちだって商売なんだから」

フフンという妙な笑いとともに、菜美の首は二階に引っ込んだ。声だけ聞こえてくる。

「ちゃんと弾けるようにしといてよね」

「わかったよ。どれがいいの？」

「Sundowner の人とかが弾いてるやつ」

「エレキか……」

Sundowner というのは菜美が近頃凝っているインディーズバンドで、自主製作だというCDを僕も無理やり聴かされたことがある。ロックなのでチンプンカンプンだったが。——三本のギターを倉庫の奥にあるリペア・スペースへ運びながら、僕は菜美が中学校の制服を着てエレキギターを鳴らしているところを想像してみた。ぜんぜん似合わないというか、なんだか非常識な感じがした。

「クローズィング・ユァ・アァーイズ……ユゥ・セイ・イッツ・ダアアク……」

鼻歌が聞こえてくる。

「菜美ちゃん、華沙々木は？」

「銀行。オール・シングス・ユ・ニイィード……」

客が来たらどうするつもりだったのだろう。もっとも、どうせ客など来ないと踏んだから出かけたのだろうが。

「ああ日暮くん、帰ってたのか」

リペア・スペースの丸椅子に座り、雑巾でエレキギターの埃《ほこり》を拭いていると、当の華沙々木丈助が倉庫に入ってきた。

「ついさっきね。……ん、雨？」

華沙々木が着ているスヌーピーのトレーナーの両肩が、ちょっと濡れている。

「そう、ぱらぱら降ってきたよ」

細長い両腕を抱え込むようにしながら、華沙々木は外を振り返る。向かいの家の屋根とか、庭木の葉とか、色の濃い部分でしか見えないほどの弱い雨だった。その雨を華沙々木の肩ごしに見つめながら僕は、住職にぽんこつギターを高値で買い取らされた言い訳を考えていた。華沙々木は商売に不熱心なくせに、人の働きぶりにはうるさい。僕が黄豊寺に呼びつけられたことは知っているから、きっとすぐにでも事の顚末《てんまつ》を訊いてくるだろう。が、華沙々木は振り返らなかった。いつまでも黙って秋の雨を眺めている。内心で首をひねりつつ、そっと隣へ近づいてみると、

「あのときの雨を思い出すね」

ほとんど独り言のように、彼は呟いた。

「あのときって……」

ああ、あのときか。

僕も雨のほうに顔を向けた。そう、あれは——僕が初めて華沙々木のために働かされた日のことだ。そして、人生で初めて犯罪を犯した日のことでもある。あとで調べてみたら、僕がやった犯罪は、捕まったら三年以下の懲役か十万円以下の罰金になるとわかってヒヤッとしたものだ。

(二)

一年前の秋——僕たちがこの『リサイクルショップ・カササギ』を開業してから一年と少し。開業当初から赤字つづきで、日々そうめんや卵かけご飯ばかりを食べていた僕たちは、倉庫の出入り口で雨を眺めながらビタミンの話をしていた。

「ビタミンAが欠乏すると視力が弱まると聞いている。視力は我々の商売にとって何よりも重要だよ、日暮くん。だって、買い取る商品の価値を見極めなければならないんだからね」

「ビタミンAって何に入ってるんだっけ」

「ウナギの蒲焼きや動物のレバー、銀ダラに多く含まれているらしい」

「どれも高価《たか》いじゃないか」

うん、と頷いて華沙々木は秋の雨を睨み上げた。

店に一本の電話がかかってきたのは、そんなときのことだった。事務所の電話が鳴った際、最初に受話器を取るのは喋りが下手くそな僕ではなく、喋りが得意だと思い込んでいる華沙々木だという決まりがあったので、そのときも彼が応対した。事務所へ上がっていった華沙々木がなかなか戻って来ず、いやに長い電話だなと気になりはじめた僕が様子を確認しに行くと、

「……では十五分以内に伺います」

ちょうど、華沙々木が受話器を置くところだった。

「仕事か？」

「ビ、ビ、ビ、ビッグ・ビジネスだ」

なにやら大仰な言葉とともにこちらに向き直る。

「家具、オーディオ、置物、その他もろもろ、一部屋分の家財道具を一括で買い取ってくれという依頼だ。どれも安いものではないらしい。一流メーカーの高級品ばかりだそうだ」

うっふっふと華沙々木は痩せた肩を揺らして嬉しそうに笑った。ビッグ・ビジネス。大きな金額を動かすという意味では確かにそうかもしれない。それが商品の購入希望であれば、もちろん僕だって嬉しいのだが――。

「買い取ってくれっていうんだろ？」

「だから、そう言ったじゃないか」

「資金はどこにあるんだよ。買い取る資金。高級家具に高級オーディオに高級な置物。相当な額になるんじゃないのか？」

華沙々木は一瞬、しまったという顔をしたが、すぐに真面目な表情に戻って僕を見据えた。

「店の現金は、いまいくらある？」

「二万七千三十円」

「ならその金額に抑えよう」

華沙々木はきっぱりと言った。

「それが商売というものじゃないか、日暮くん。安値で構わないと、先方も電話で言っているんだ。ここはひとつ思い切って買い叩かせてもらおう」

「安値でいいって言ったのか？　相手が？」

「ああ言ったさ」

華沙々木は自信満々に顎をそらす。嘘をついているようではなかった。元来彼は、思い込みや誇張は得意だが、まるっきりの嘘をつける男ではない。

「四の五の言っている暇はないよ。十五分以内に行くと言ってしまったんだ、あと十四分しかない」

仕方なく、僕は査定依頼書と買い取り帳と、事業用現金の入った封筒を鞄《かばん》に入れて支度をした。客の家の場所を訊いてみると、ここから車で十分もかからない高級住宅地の中らしい。

「何て人？」

「南見さん。女性だったよ」

と、ここで華沙々木は、トレーナーの腕を組んで首をかしげた。

「でも彼女、僕が名前を訊いたとき、すぐには答えなかったんだ。何か別の名前を言いかけて……それから素早く言い直したんだよ、南見ですって。『南』という字に『見る』ですって」

「自分の名字を言い直すって……それ、もしかして偽名じゃないのか？　おい、まさかヤバい仕事じゃないだろうな。僕たちに盗品を買い取らせるつもりでいるとか」

「盗品を買い取らせるのに自宅へ呼びつけたりはしないだろう」

「でも――」

華沙々木はデスクの上にあった"Murphy's Law"を取り上げ、ぱちんとその表紙を叩いた。

「ボールドリッジの法則――『何に巻き込まれるか事前に知っていたら、我々は何も始められないだろう』。日暮くん、人生に必要なのはまず行動力なんだよ」

たぶんその法則は、本来「人生のあらゆる場所には失敗が待っている」という意味のものなのだろうが、『マーフィーの法則』について何か言い返すと華沙々木はきまって怒るので、僕は黙っていた。

そして、鞄と住宅地図を抱えて軽トラの助手席に乗り込んだ。

電話の女性が伝えた場所に建っていたのは、大きな大きな家だった。こんなに立派な家から買い取りの依頼などもらったことがなかったので、車から降りた僕たちは何度も場所を確かめた。二人で一つの傘に入り、華沙々木が番地を記したメモを見て、地図を見て、メモを見て、また地図を見た。——家の表札を確認すればいいだけの話なのだが、その表札が、何故か剝がされていたのだ。門柱に、長方形の凹《へこ》みだけが残っている。

「何か臭うな」

「何かって？」

「よくないことが起きなければいいんだが……」

無意味なことを呟くと、華沙々木はアールデコ風の門の向こう側にある家を刺すように見た。華沙々木という男は昔から、何というか、隙あらば事件に巻き込まれてやろうというところがある。生まれて初めて喋った言葉が「謎だ」だったと言うが、これはたぶん嘘だろう。

「とにかく、依頼主に会ってみよう」

ぴんと立てた人差し指でインターフォンのボタンを押すと、すぐに若い男性の声が応答した。華沙々木が名乗ると、玄関まで来るよう言われたので、僕たちは相合い傘で門を抜け、蔓《つる》バラを絡ませたアーチをくぐって洋風の敷石の上を進んだ。あたりに立ち籠める濡れた土の匂いまで、なんだか高級な感じがする。玄関に行き着くと、ほぼ同時に重厚な木製のドアが内側からひらかれて、先ほどの声の主が僕たちを出迎えた。

「どうもご苦労さまです。モノは二階にありますんで、上がってください」

ひょろりと上背のある、豆もやしが眼鏡をかけたような男性だった。髪型は和田アキ子的というか、たとえば豆もやしを逆さまにして、豆の先のほうだけをちょっとソースに浸したような感じだ。僕たちと同じ、二十代後半くらいに見えた。

「奥さまー、中古品店の人たち来ましたよー」

本人は大声のつもりなのか知らないが、か細い声を上げながら、彼は僕たちを先導して階段を上っていく。途中で一度振り返り、自分はこの家の手伝いをしている者で戸村《とむら》ですと自己紹介した。

二階に出ると左手に廊下が延びていて、その左右に二つずつ、正面に一つ、合計五つのドアがあった。ドアはすべて閉まっていたが、外観から想像するに、おそらくどれも相当な広さの部屋なのだろう。戸村は正面の部屋をノックし、小さく返事があったのを確認してからドアを開けた。書斎のようだ。光沢のあるフローリングの床。我々は外国製でございますといった感じの木製家具たち。レコードプレイヤー付きのがっしりしたオーディオと、郵便ポストのように大きなスピーカー。ブリキの模型が並べられたコレクション・ボード。部屋の真ん中には一人の女性が立っていて――。

　部屋の隅で、ぎゃ、という声が上がった。何ごとかと思えば一匹の白い猫だ。僕と華沙々木を見て驚いたらしく、鬼にでも出会ったような形相でソファーの下へと逃げ込んでいく。尻尾だけがちょっと茶色くて、何という種類なのかは知らないが、絶対に表を歩いてはいないような、いかにも高級そうな猫だった。

「ナーちゃん、怖がらなくてもいいのよ。お客様なんだから」

　部屋にいた女性が静かに声をかけたが、ソファーの下はしんとしたままだ。

「こちら、奥様です」

　戸村が枝のような腕で彼女を示した。

「ご連絡した南見です。電話でもお話ししましたが、この部屋にあるものをすべて引き取っていただきたいの。大きなものから細かいものまで、ぜんぶ」

「了解しました。では早速査定のほうに入らせていただきます。ああ申し遅れましたが、僕は華沙々木で、彼は――」

　ソファーの下から白い毛の塊《かたまり》が飛び出し、ものすごい勢いで部屋を斜めに突っ切っていった。ダダダダダッという足音が廊下を遠ざかっていき、振り向いたときにはもう茶色い尻尾が階段口へと消えていくところだった。

「相変わらずですね」

　戸村が苦笑し、

「駄目ね、あの子は臆病で」

奥さんは小さく息をついた。年齢《とし》は三十代後半くらいだろうか。品のある、とても綺麗な人で、くっきりとした鼻梁《びりょう》は外国の硬貨に浮き出している女性の横顔を連想させた。が、僕が差し出した査定依頼書に書いた「南見里穂」というサインを見てみると、字はあまり綺麗なほうではない。けっして雑ではないのだが、学生のような丸文字だ。それを見て僕は、この里穂《りほ》という女性を先ほどまでよりもちょっと身近に感じた。

「では、お願いします。わたしは下におりますので。戸村さんも下がっていいわ。お夕食の用意と、あの子たちにもご飯をあげてちょうだい」

軽く一礼し、里穂は静かに廊下へ出ていった。つづいて戸村も部屋をあとにする。

「さて、と」

僕たちは買い取り予定の商品たちに向き直った。

「どこからはじめようか、日暮くん」

「大きいやつからがいいんじゃないかな。ところであの人、子供何人いるんだろう」

「どうして？」

「さっき、『あの子たちにもご飯を』って言ってたから」

「何人でもいいじゃないか」

「何で『夕食の用意』と『あの子たちのご飯』が別々なんだ？」

「知らないよ」

僕と華沙々木は、気にするところがいちいち違う。それはいまにはじまったことではなく、互いにもう慣れっこになっていたので、話はそれでおしまいになり、僕たちは家財道具の査定に取りかかった。——が、査定というのはあくまで形だけだったので、すぐに終了した。なにしろ買い取り価格が二万七千三十円と事前に決まっているのだ、あとはその金額の内訳を適当に決めるだけだった。はっきり言って、ここにあるものをすべて買い取って二万七千三十円というのは異常な安さだということを、僕たちは部屋に入った瞬間から了解していた。しかし、それしか現金がないのだから仕方ない。

「じゃ、日暮くん、奥さんを呼んでこよう」

「あんまり早いと疑われるんじゃないかな」

「なるほど、一理ある」

そういうわけで、僕たちはやることがなくなった。華沙々木は光沢のある無垢《むく》材のデスクに尻を乗せ、僕はデスクとセットになった椅子に座り、二人して腕組みをした。家が広いせいか、物音一つ聞こえてこない。外の雨も、雫《しずく》の音が響いてくるほどではなかった。

「ところで……ねえ日暮くん、どう思う？」

目を閉じて、なにやらじっと考え事をしていた華沙々木がぽつりと呟いた。

「どうして奥さんはこれらをすべて売却しようとしているんだろう」

「いや、そういうのは、お客さんのプライバシーだから」

「見たところ、この書斎は大人の男性が使っている――あるいは使っていた場所だ。その部屋の中身をそっくり売り払うということは」

ドアがノックされたので、僕たちは飛び跳ねるようにして立ち上がった。いかにも作業中ですというポーズをとったそのとき、ドアがひらかれた。湯呑みが二つ載った盆を手に、戸村が立っている。

「……何で止まってるんです？」

戸村が眉をひそめたのは当然で、僕たちは二人とも活人画のように一時停止していたのだ。人間、慌てると、やらなくてもいいことまでやってしまう。

「我々の癖なんです。小さい頃、だるまさんがころんだを少々やりすぎたものでね。はっはっは」

華沙々木の馬鹿馬鹿しい言い訳を、幸い戸村は冗談と受け止めてくれたようで、軽く笑いながら部屋に入ってきた。表情や物腰に、同年代の相手に対する気安さがあった。

「お茶、よかったらどうぞ。――お二人は、すると子供の頃から仲良しで？」

「はい」

「いえ」

僕たちは同時に違う返事をした。華沙々木の言い訳に合わせて「はい」と答えたのが僕で、たったいま自分が言ったことを忘れて「いえ」と答えたのが華沙々木だった。サッと顔を見合わせ、僕たちは互いに素早く言い直した。

「いえ」

「はい」

「あははは、僕にも子供の頃、そういう友達がいましたよ。仲がいいことを認めたいような、認めたくないようなね」

べつに助けようとしてくれたわけではないのだろうが、素晴らしいフォローをしながら、戸村はサイドボードの上に盆を載せた。

「ここに置いときますんで。それじゃ、お願いしますね」

「あ、ちょっと」

立ち去ろうとする戸村を華沙々木が呼び止めた。

「奥様は、どこかお加減でも悪いのですか？　先ほどお会いしたとき、ずいぶんと元気がなさそうに見えましたが」

「そうですか？」

「ええ。何かこう、困ったことでもあったような」

言いながら、華沙々木は油断のない目を向ける。先ほどから気にしていた家財道具売却の理由を、鎌をかけて訊き出そうという算段らしい。

「困ったこと……さあ、僕にはちょっと。朝からマルちゃんの機嫌が悪いから、それを気にしてはいたけど……」
後半は独り言のように呟いて、戸村は首をひねった。
「マルちゃんというのは、やっぱり猫か何かで？」
「猫？　いえ、猫なんかじゃありませんよ。マルちゃんは——」
と、ここでふと口を閉じて背後を振り向くと、
「あ、まずい。失礼します」
いきなり部屋を出ていく。そのまま二、三歩廊下を進みかけたが、さっと戻ってきて外からドアを閉めた。いったい何だろうと思って聴き耳を立てていると、ナー、ナー、ナーという甘えるような猫の声がだんだんと近づいてきた。ぼそぼそと、戸村の声がする。そしてもう一つ——これは女の子の声だ。
《誰？》
《ああ、うんちょっとね……》
華沙々木と顔を見合わせていると、猫の鳴き声がまた近づいてくる。
《あ、待って》
《何で待つのよ》
どうやら猫は女の子にまとわりついて歩いているらしい。猫の鳴き声と人間の足音がいっ

しょに近づいてきて、がちゃりとノブが回された。ドアを開けたのは、グレーのスカートに白い長袖のワイシャツ――私立小学校の制服を着た、ショートカットの女の子だった。あまり見慣れない、リュックサックに近いかたちのランドセルを背負《しょ》っている。彼女の足下には先ほどのナーちゃんがいたが、僕たちの姿を見ると、まるで化け物でも見たような形相で廊下を逃げ去っていった。臆病なくせに、どうも、ちょっと抜けたところのある猫のようだ。

「何してんの？」

いきなり女の子に訊かれた。下からなのに、見下ろすような目つきだった。

「ん、我々かい？　我々はね、お仕事をしているんだよ」

華沙々木が答える。

「仕事って？」

「家財道具を査定しに来たんだ。二万七千三十――じゃなくて、えぇと」

「査定？」

少女は強い目で問い返す。

「あの、じつはね……」

背後から戸村が何か言いかけるのを、彼女はぴしゃりと黙らせた。

「この人たちに訊いてるの。戸村さんは下に行ってて」

「でも」

「いいから」

しゅんと眉を下げ、何度か振り返りながら戸村は廊下を去っていった。階段を下りようとして、そこで立ち止まり、気遣わしげにこちらを見ている。

「で、どういうこと？」

少女は僕たちを交互に見据えた。こういう予測不能なシチュエーションでは、僕はオドオドしてしまうばかりで、あまり役に立たない。それを見て取ったのか、少女の視線はやがて華沙々木の顔の上で止まった。

「査定って、つまり買い取るってこと？」

「ああ、うん、そういうことだよ」

「お母さんがそう言ったの？」

「お母さんって、さっきの人かな？　そう、彼女が連絡をくれたんだ」

ふと、少女の白い顔が下を向いた。そうしたまま、彼女は長いこと黙り込んでいたが、やがて、間違えて食べてしまった大嫌いなものでも吐き出すように呟いた。

「……最悪」

伏せられた長い睫毛《まつげ》が、微かに震えている。

僕たちは困惑の視線を交わし合い、こほんと咳払いをして華沙々木が訊いた。

「ところで、きみは？」

「娘だけど。ここの」

「あ、もしかしてマルちゃん？」

「違うよ。……マルちゃんになりたいくらい」

どういう意味だろう。

「マルちゃんじゃなかったら、ええと」

「……菜美」

視線を下げたまま、少女は聞き取れないほどの声でそう答えた。前髪で半分隠れた顔には、能面のように表情がない。僕はその顔を、ずっと昔に見たことがある気がした。いつだったろう。どこだったろう。

「菜美ちゃんか」

一度頷いてから、華沙々木はふいと唇を閉じ、彼女の顔を不思議そうに覗き込んで訊き直した。

「菜美ちゃんっていうの？」

「そう」

「つまり……南見、菜美ちゃん？」

「そうだよ。笑えば」

いまにして思えば、少々遅すぎたのだ。男性用の家財道具の売却。電話口で別の名字を口にしかけて、すぐに言い直した母親。剝がされた表札。それらと「別れ」という言葉を僕が結びつけて考えたのは、このときが初めてだった。死に別れたのだろうか。離婚したのだろうか。いずれにしても、この少女が南見菜美という名前になったのは、その「別れ」のせいかもしれない。

「おい、華沙々木――」

「いい！」

華沙々木はばちんと両手を打ち鳴らした。まったくそれは、火薬が爆《は》ぜたかのように派手な音だった。僕はぎょっとして言葉を呑み、少女も上体を引いて華沙々木を見た。

「最高のセンスだ！　え、どっちがつけたの？　お父さん？　お母さん？」

興味を全身にみなぎらせ、華沙々木はほとんど相手に覆い被さりそうな勢いで上体を折って菜美に顔を近づけていく。

「……馬鹿じゃないの」

ぷい、と背中を向け、菜美は廊下を去っていった。彼女が後ろを向く直前、ちらりと見えた顔は怒っていたが、無表情よりも少しはいい気がした。

（三）

家族についての僕の想像を話すと、華沙々木は両目を大きく見ひらいて硬直した。

「すると……さっき僕はもしや、とんでもない失言を？」

「いや、あれはあれで、悪くなかったんじゃないかな。よくわからないけど」

「父親は死んじゃったのかな？　それとも出ていった？」

「僕に訊かれても」

「南見というのは母親の旧姓なんだろうか。でも何で両親が別れて娘の名字まで変わるんだ？　そうか、母親が旧姓に戻って、親子で名字が違うのはおかしいから、そのとき娘の名字もいっしょに変えたとか？」

「だから、僕にはわからないって」

ドアの向こうに猫の鳴き声が近づいてきた。ナー、ナー、ナー……それといっしょに足音も近づいてくる。僕たちはまた素早く作業中のポーズをとったが、時間的にもうそろそろ作業が終わっていても不自然ではなかろうと考え直し、サッと作業終了のポーズに切り替えた。ドアを開けたのは里穂だった。足下にまとわりついていたナーちゃんが、僕たちの姿を見ると、まるで凶悪な獣にでも出くわしたような形相で廊下を駆け去っていった。もしかして馬鹿なのだろうか。

「ああ奥様、ちょうどよかった。いま査定が終わったところです」

「ご苦労さまでした。――おいくらぐらいになったかしら？」

つんと顎を上げ、里穂は自分が逆に相手を値踏みするような目つきで華沙々木を見た。

「ええとですね、全部で……」

華沙々木はジーンズの尻ポケットから汚いメモ帳とボールペンを取り出し、唇をすぼめ、あたかも難しい計算をしているような顔で長々と何か書き付けていたが、やがてゆっくりと顎をさすると、うんと一つ頷いて顔を上げた。

「二万七千三十円ですね」

里穂はしばらくのあいだ華沙々木の目を真っ直ぐに見据えていた。そして唇の端を持ち上げて、綺麗な顔に似合わない、厭《いや》な表情で笑った。

「それで結構です」

彼女の夫について僕が「死別」ではなく「離別」だと確信したのは、このときのことだ。しかも夫は、あまりいい離別の仕方をしなかったに違いない。里穂は店に家財道具の買い取りを依頼してきたとき、安値で構わないとわざわざ言ったらしいが、それはきっと本心だったのだろう。いや、むしろ彼女は、僕たちになるべく安値で買い取らせたかったのだ。出ていった夫の家財道具を早いとこ処分したいが、廃棄業者に頼んで処分費用を取られるのは癪《しゃく》だから、中古品店を選んだ。さらに中古品店が、あまり高い金額で買い取ると言ってもまた癪だったから、安値でいいと事前に言った。たぶん、そんなところだろう。

「え、いいんですか？」

華沙々木が真顔で余計なことを訊いたので、里穂の白い額に不可解そうな皺が寄った。僕は慌てて適当な言い訳をした。

「いえあの、さっき娘さんが、なんだかちょっと反対してるっていうか、そんな感じだったもので」

「子供は関係ありません」

冷然と言われた。

「すぐに運び出してください」


運び出しは難航した。高級な木材を使っているため家具がいちいち重たかったし、玄関から門まで長いアプローチがつづいていたし、当たり前だがそのアプローチには屋根というものがなかったからだ。僕たちはひいひい言いながら家具を部屋から出し、うんうん言いながら階段を下り、そこでレジャーシートを被せ、ぜいぜい息を切らして軽トラまで運んだ。

雨が身体を濡らしていたせいか、やがて僕は尿意をおぼえた。

「ごめん、ちょっとトイレ借りてくる」

「サボるつもりじゃないだろうね」

「途中でサボるくらいなら急いで片付けるよ。僕だって早く店に帰りたいんだから」

「そうか、すまなかった。どうかしていたよ」

「構わないさ」

家の人に断ろうとリビングに入っていくと、キッチンにいた戸村が振り向いた。ひょろながい身体にパステルブルーの可愛らしいエプロンをしている。アイランドカウンターで、何か料理をしていたようだ。

「あの、お手洗いを……」

「どうぞどうぞ。玄関のすぐ右側のドアです」

「どうも」

と答えたものの、僕はリビングの入り口で突っ立ったまま動けずにいた。

水槽。水槽。水槽。そして水槽。広々としたリビングには幅二メートルはあろうかという巨大な水槽が三つ、電子レンジくらいの大きさの水槽が三つ、オーブントースターほどのものが四つ、合計十個もの水槽が置かれていた。中にはカラフルな魚やら地味な魚やら、平たいのやら長細いのやらがたくさん泳いでいる。

「すごいでしょう」

細長い顔をほころばせながら戸村が近づいてきた。

「奥様の趣味なんですよ」

「大したもんですね。熱帯魚ですか？」

「もちろん熱帯魚もいますけど、そうじゃないのもたくさんいます。海水魚もいれば淡水魚もいますし、まあいろいろですね」

「そこにいるの、ナマズみたいですけど」

「どれ……ああ、マルちゃん」

　こいつのことだったのか。

「そう、南米産のナマズですよ。レッドテールキャットっていうんです。猫みたいな名前でしょう。朝からちょっと機嫌が悪いので、奥様が心配してるんですよ」

　マルちゃんは馬鹿でかかった。全長一メートル……はさすがにないだろうが、七十センチくらいはある。黒い背中に白い腹、尾びれが赤くてなんだか強そうだ。立派な髭《ひげ》がはえていて、それがいかにもナマズという感じがした。大きな水槽の中を不機嫌そうに泳いでいる。いや、普段のマルちゃんがどんなふうに泳いでいるのか知らないが、戸村の言葉のせいか、そう見えた。水槽の底には流木が一つ横倒しになっているだけで、大きなマルちゃんが泳いでもまだ広々としている。くにゃくにゃした黒いソーセージのようなものが沈んでいるが、どうやらフンのようだ。当たり前だがフンまででかい。

「魚、すごい数ですけど……昔からのご趣味なんですか？　奥様の」

「いえいえ、ごく最近ですよ。菜美ちゃんと二人になってからのことです。最初はグッピーとかネオンテトラからはじめたんですが、だんだんと凝ってきて、いまはこんな感じです。一四一四、奥様は本当に可愛がってらして、ちょっとでも様子のおかしい子がいると、ものすごく心配されるんですよ。マルちゃんもそうですけど、ぜんぶ、ちゃんと名前までついてるんです」

戸村は水槽を指さして、あれはナントカちゃんでこれはカントカちゃんでと、いくつかの魚の名前をつづけざまに教えてくれたが、他人《よそ》の家の魚の名前を憶えても仕方がないので僕は適当に聞き流した。

そのかわり、菜美のことを考えていた。

――マルちゃんになりたいくらい。

あのとき彼女が見せた、表情のない顔。僕はどこかで同じ顔を目にしたことがあるような気がした。どこだったか。いつだったか。いまようやく、それに思い至ったのだ。あれは母が死んだときのことだ。涙を我慢し、我慢し、我慢しながら葬儀の様子を眺め、少しピンクがかった母の骨を拾い、やがて腹を下して火葬場のトイレへ行ったとき、ちらりと壁の鏡に映った顔は、ちょうどあんなふうだったのではなかったか。

もちろん僕には、この家の事情はよくわからない。しかし、彼女が何かを強く抑えつけていることだけはわかった。

「あ、菜美ちゃん。おやつにゼリーをつくっておいたからね」

戸村の声に顔を上げると、菜美が制服のままリビングを横切っていくところだった。

「菜美ちゃんの好きなリンゴを入れて……どこ行くの？」

振り返らず、菜美はリビングを出ていく。玄関のドアが乱暴に閉じられる音が聞こえた。

「あの……つかぬことをお伺いしますが、僕たち、ほんとにあの家財道具を持っていってしまってもよろしいんでしょうか？」

客のプライバシーにあまり口出ししてはいけないと思いつつ、僕はどうしても訊ねずにはいられなかった。菜美は明らかに父親のものがこの家からなくなってしまうのを哀しんでいる。

返事があるまで、数秒の間があった。

「仕方がありませんよ。奥様が、そうおっしゃるんですから」

顔は微笑《わら》っていたが、やや視線を下げた目には諦めたような色があった。天井の蛍光灯が眼鏡に反射して、その目はすぐに見えなくなった。

「僕はただの手伝いの人間ですからね」

そのとき廊下のほうから「はあああ」という華沙々木のわざとらしい息づかいが聞こえてきたので、僕は戸村に一礼してリビングを出た。待っていた華沙々木に、トイレはじつはこれから行くのだと言うと、彼は口をあけ、知らない人を見るように僕を眺めた。

トイレで用を足し、華沙々木と二人で作業を再開したが、菜美のことを思うと、なんだか泥棒でもしているような気分だった。――が、もちろん商売も大事にしなければいけない。開業して一年と少し、店は赤字つづきだ。これだけの高級な家財道具を二万七千三十円で仕入れられるのは喜ぶべきことだろう。すべて売ることができれば、かなりの儲けになる。商売、商売、商売。金、金、金、金。僕はなるべく余計なことを考えないよう、そんな言葉を頭の中で繰り返していた。

「引っ越し？」

向かいの家の門柱の陰から、興味深げにこちらを見ていたおじさんが声をかけてきた。この界隈《かいわい》では、その家だけがずいぶんと古い。

「いえ、家財道具の買い取りです」

「ああ、ここの旦那の？」

「そう……かもしれません。詳しいことは、僕たちにはちょっと」

誤魔化すと、おじさんは薄汚れたセーターの腕を組み、二重顎の無精髭を親指でじょりじょりと撫でながら言う。

「ここの旦那、たしか身ぃ一つで出ていったんだよね。まあ、金はどっかにたんまり持ってたんだろうけどさ」

「はあ……」

適当に頷いて、また南見家の門のほうへ行きかけたが、ふと振り返って訊いてみた。

「この家のご主人って、どんな人だったんです？」

「社長さん」

言ってから、二重顎のおじさんは臭いものでも嗅いだように鼻に皺を寄せた。

「でも、ろくな奴じゃなかったね。だいたい、金のことばっかし考えてる奴ぁみんなマトモじゃないんだ。もっと大事なものがいくらでもあるだろうにさ。金、金、金、金、何でも金。そんなんじゃ人間、おかしくなっちまうよ」

雨に濡れてふやけた胸に、その言葉はグサグサと突き刺さった。

(四)

けっきょく、夜までかかって僕たちは運び出しを完了させた。

まだ、弱い雨が降りつづいている。服もズボンも汗と雨滴でびしょびしょになり、身体の動きを止めるとひどく寒い。荷物を積み込んだ軽トラの幌をロープでしっかりと留め、作業終了の報告をすべく華沙々木と二人で玄関を入った。

「ごくろうさまでした。じゃ、奥様を呼んできますね」

戸村がリビングを横切って奥へ消えると、

「魚がたくさんいるね、日暮くん」

華沙々木の目が獲物を狙う猛禽《もうきん》のように鋭く光った。彼の腹が先ほどからぐうぐう鳴っていることに僕は気づいていた。

「そんな目で見てると奥さんに叱られるぞ。名前までつけて可愛がってるらしいから。ちなみにあそこにいるナマズがマルちゃんだってさ」

「マルちゃんはちょっとウナギに似ているね。ものすごく肥ったウナギみたいだ」

「ビタミンAのことを考えてるんじゃないだろうな」

ふっふっふっと華沙々木は変な笑い方をした。

実際のところ、今日は朝から二人とも卵かけご飯しか食べていない。僕だって相当腹が減っているはずだった。それなのに、空腹はまるで感じない。思い当たる理由は一つしかなく、しかし僕はそのことをもう考えたくはなかった。買い取った家財道具をなるべく高値で売り払い、たっぷり金を儲けて、うな重でも何でも食べてやろう。それでいいじゃないか、商売なのだから。二万七千三十円の入った封筒をこれから里穂に渡して、今回の仕事はお終いだ。自分たちの生活のことを考えて何が悪い。

と、そのとき戸村がなにやら慌てた様子でふたたび現れた。

「あのぉ……ちょっとお訊きしますけど」

僕たちの前までやってくると、一瞬だけ躊躇《ちゅうちょ》するような様子を見せたが、思い切ったように言う。

「菜美ちゃんを見ませんでした？」

「いないんですか？」

「あのとき玄関を出ていって……それから帰ってきてないのかなあ。六時が門限なんですけど、もう七時ですよね。夕食どきになっても帰ってないなんて」

「戸村さん」

里穂がリビングに入ってきた。

「余計なことは言わないでけっこうです。そのうち帰ってくるでしょうから」

「あ、はい……」

「華沙々木、ちょっと近くを見てこようよ。車でぐるっと」

いいですいいです、といったジェスチャーをしながら、戸村が苦笑いの顔をこちらに向けた。もう何も言わないでくれと、その目が僕たちに頼んでいる。

「ご苦労さまでした。お金は戸村に渡してください」

里穂はダイニングへと向かい、テーブルについた。もう、こちらを見ようともしない。僕たちは戸村に現金の入った封筒を手渡し、南見家をあとにした。

「あの子、たしか手ぶらで出ていったんだよ」

「なら、そう遠くへは行っていないんじゃないかな」

一応、僕たちは軽トラで近くの公園やコンビニエンスストアなどを見て回ったが、菜美の姿はどこにもなかった。僕も心配だったし、華沙々木も気がかりのようだったが、考えてみればまだ、ものすごく遅い時間というわけでもない。けっきょく僕たちはそのまま店へと戻り、暗い駐車場に軽トラを停めると、車の後ろに回り込んで幌を被せた荷台を見上げた。

「荷物は、明日降ろせばいいか」

「今日はもう疲れたからね。日暮くん、夕食を頼むよ」

「目玉焼きにしようかな。朝と同じメニューじゃ栄養が偏《かたよ》るから」

「痛ぁ……」

声がした。

僕と華沙々木は互いに首を突き出して顔を見合わせ、つぎの瞬間、同時に荷台を振り向いた。

「まさか」

「どうだろう」

「開けてみる？」

「当然だ」

素早くロープを解いて左右から幌の布地を引くと、真っ暗な荷台の奥で何かが動いた。大あくびをする気配もあった。

「背中、超痛いんだけど……」

ここにいた。

「華沙々木。まさかこれ、誘拐になったりしないだろうな」

「すぐに連絡しなければそうなる可能性もある」

「じゃあ連絡しよう」

僕は急いで携帯電話を取り出し、南見家の番号をプッシュした。

（五）

「家にいたくなかったんだよね。べつに家出とかそういう大げさなことじゃなくて、お父さんの使ってたものが運び出されていくのを見るのが嫌で。でも雨降ってるしさ、喫茶店とかに行くお金もないし、コンビニでずっと立ち読みしてるのも疲れるし、だからとりあえず荷台に入ってみた」

「でも、お父さんの家財道具が運び出されるの、見たくなかったんでしょ？」

「荷台にいれば、運び込まれてくるわけじゃん」

「ああ……なるほど」

僕は思わず納得した。

「で、そのうちに寝ちゃったたってわけ？」

こくりと頷いて、菜美は窓の外に目を移す。彼女が座っているのは助手席、運転席でハンドルを握っているのは華沙々木。僕は二人の真ん中の、本当は人が乗っていてはいけない場所で、中腰になって彼女の話を聞いていた。どうして中腰だったのかというと、尻の下にサイド・ブレーキやギア・レバーがあったからだ。

菜美を見つけたことを里穂に報告し、家まで送っていくところだった。どこで娘を見つけたのかと訊かれ、僕が答えようとしたとき、菜美が素早く手を伸ばして携帯電話の送話口を塞《ふさ》ぎ「あとで、あとで」と言ったので、

——あとでご説明します。

僕は里穂にそう言って、菜美を軽トラに乗せたのだ。

窓外の暗い景色を眺めながら、菜美は家の話をしてくれた。彼女が六年生になって間もないこの春に両親は離婚し、父親の幸造《こうぞう》が家を出ていったらしい。

「その二ヶ月くらい前の夜中、お父さんが離婚の理由を話してるのが聞こえたんだけど、あたしにはよくわかんなかった。家庭にいることに疲れたって、お父さん言ってた。意味わかんないでしょ。だって、お父さんがいた頃、うちって全然疲れる家庭じゃなかったんだよ。

日曜日には三人で買い物とか映画とか行ったたし、お父さんとお母さんも、熱々《あつあつ》って感じじゃないけど仲よかったし。いまは疲れるけどね。一人になってから、お母さん、急に変わっちゃったから」

「どう変わったの？」

「お母さんじゃなくなった。教育ママになった」

菜美の声から温度が消えた。

「わたしが馬鹿だから、あの人はそれが嫌になって出ていったんだ、わたしを馬鹿にして出ていったんだって、あたしお母さんから何回も聞かされた。もう嫌んなるくらい」

父親が一流の国立大学を出ているのに対し、母親はいわゆる「学のない人」なのだと菜美は言った。

「前はね、お母さん、あたしが何やっても許してくれて、宿題やらないでも怒らないでくれて、テレビとかいっしょに見たり、おんなじ漫画読んで笑ったりしてくれてたんだよ。でも、お父さんが出ていってから、そういうの全部駄目になった。一切駄目。宿題やらなかったのなんてバレたら、もうキツネみたいな顔になって怒るし」

小さな溜息を挟んで、彼女はつづける。

「ナーちゃんとか魚ばっかり可愛がるようになって、たぶんもう、あたしのこともペットみたいにしか見られなくなってるんだと思う。きっと調教でもしてるつもりなんだよ。自分の理想のペットにするために」

「そんなふうに考えちゃ――」

「テストの点数が悪かったりしたら、夕食抜きとか言うんだよ。信じられないでしょ。のび太くんの家じゃないんだから」

「夕食抜きはよくない」

ずっと黙っていた華沙々木が声を洩らし、ぐうと腹を鳴らした。

「ほんとだよ、あたし育ち盛りなのに。戸村さんのほうが、お母さんよりまだあたしのこと思ってくれてるよ。いつも作ってくれるご飯だって、ちゃんと栄養バランスとか考えてくれてるし」

「栄養……」

また華沙々木が声を洩らす。

「離婚ってさ、テレビとかでよく見るでしょ。でも、うちのお父さんとお母さんだけは大丈夫だと思ってたんだよね」

「仲が、悪くなかったから？」

「それもあるけど、うちのお父さんとお母さん、二人でいっしょに苦労した仲だから。結婚したとき、まだお父さん、普通の会社員だったんだって。でも勤めてたところの社長と喧嘩して辞めて、自分で会社をはじめたの。最初のうちは全然上手くいかなくて、お母さんと二人で、ものすごく苦しい生活してたみたい。しかもそんなときに、あたしが生まれちゃって……」

なおさら苦しくなったというわけか。

幸造の会社がようやく軌道に乗りはじめたのは、菜美が小学校に入学してからのことだったという。

「それからは、仕事がだんだん忙しくなって、お金もどんどん入るようになって、車買って、家も買って……つい去年までは、お父さんもお母さんも、よくそのときの嬉しさとか、その前の苦しさとか、懐かしそうに話してたよ。だから、テレビで見る離婚なんて、うちには絶対関係ないと思ってた。まさかお父さんが、あたしとお母さんを置いて家を出ていくような人だったなんて、いまでも信じられないよ。お金をたくさん稼ぐようになったら、人って変わっちゃうのかな。お金って、そういうもんなの？　だってお金って、何か買ったり、手に入れたりするためにあるんじゃないの？」

菜美が初めて顔を向けた。僕は弱い目でその顔を見つめ返すことしかできなかった。大金を手にしたことなどない僕には、彼女の父親の気持ちを理解することは難しい。――いや、それは単なる誤魔化しなのだろうか。金額の問題ではないのだろうか。僕だって今日、菜美が哀しんでいるのを知っていながら、けっきょく父親の家財道具をすべて運び出してしまった。それはあくまで生活のためではあったが、新しい生活を求めるという意味では、菜美の父親と何ら変わるところはなかったのかもしれない。家財道具を運び出しながら、僕はさんざん悩んだが、悩んだから何だというのだ。菜美の父親だって、きっと悩んだに違いないのだ。

ただ、僕には一つだけ、心底理解できないことがあった。それは家庭を棄ててしまう人の気持ちだ。僕は昔から家庭というものに憧れを持っていた。賑やかでも、静かでも、あたたかでも、冷めていてもいい。いつか家庭の中で暮らせたらと、ずっと思ってきた。菜美の父親はどうしてそれを棄てたのだろう。家庭は、金と似ているのだろうか。手に入れたら入れたで、逆に不足を感じてしまうものなのだろうか。

僕が無言でいると、菜美はまた視線をそらした。サイドウィンドウに映ったその顔が、ゆっくりと一度瞬《まばた》きをするのが見えた。

「男の人と女の人って、どんなに協力し合ったり、いっしょに苦労したりしても、簡単に忘れちゃうもんなのかな。映画とかでも、いっしょに冒険した二人が結ばれて終わるやつがあるでしょ。あんなのも、もし映画がもっとずっと長かったら、ハッピーエンドにならなかったりするのかな。歳とってから、あっさりお別れしちゃったりして」

「どうなんだろうね……」

僕の返事は自分で哀しくなるくらい曖昧だった。

やがて、中腰の状態をつづけていた太腿《ふともも》の筋肉が限界に近づいた頃、軽トラもちょうど南見家の門へと近づいた。華沙々木が鉄柵に寄せて車を停めた。――が、菜美はなかなか助手席から降りようとしない。

「もうちょっとだけ、走ってもらってもいい？　あと五分くらい」

こちらを見ずに、彼女は小さく言った。

「構わないよ」

空腹が限界に近づいていたはずの華沙々木は、あっさり了解して車を発進させた。その目はぼんやりとフロントガラスの向こうを見ている。僕も、もう五分だけ、腿の筋肉を震わせていようと思った。菜美のために何かしてやりたいが、僕にはそのくらいしかできない。華沙々木が軽トラをぶらぶらと走らせているあいだ、菜美は一度も口をひらかなかった。狭い車内に三人も乗っているというのに、ただ単調なワイパーの音だけが響いていた。

軽トラがふたたび南見家の前に停まると、菜美は「ありがとう」と言って助手席から降りた。

「お母さんにはあたしから説明しとくから、ここまででいいよ」

「じゃあ、そうさせてもらおう。日暮くん、帰りは運転してくれるかい。なんだか意識がはっきりしなくなってきた」

「危ないな」

座席を交代し、僕たちはあらためて窓ごしに菜美を見た。

「じゃ、おやすみ」

「おやすみ」

「華沙々木に言ったんじゃないよ」

「僕だって」

菜美は小さく笑いながら僕たちに背中を向けた。華沙々木はここにきてとうとう体力の限界を迎えたらしく、ぐったりと助手席に身を沈めた。

雨に濡れた門に手をかけたところで、菜美がふと振り返る。

「ねえ、あのさ」

「うん？」

「違う、そっちの、背の高い人」

「ああ……おい華沙々木」

「ん」

「あたしの名前、ほんとに変だと思わなかった？」

「思わなかったよ」

華沙々木が答えると、ふうん、と唇を尖らせて菜美は彼の顔をしばらく眺めていた。雨はまだ弱く降りつづいていて、ショートカットの前髪で雨滴が微かに跳ねるのが、門灯の黄色い光の中に見えた。

「お父さんが出ていったとき、あたしを自分のほうの名字に変えたお母さんの気持ち、なんとなくわかるんだ」

菜美の声は、夜の雨に溶け消えてしまいそうなほど静かだった。

「だから、あたし我慢してるの。女の子なんて、いつか結婚したらどうせ名字変わるんだしね。……華沙々木さんだっけ」

「そう華沙々木」

「ありがとね」

アプローチを去っていった彼女が呼び鈴を押したとき、玄関を開けたのは戸村だった。母親である里穂の姿はそこになく、ドアの向こうに消えていく菜美の背中が、その日のうちでいちばん小さく見えた。閉まったドアをいつまでも見ていたって仕方がないと、華沙々木に言われるまで、僕は菜美の背中が消えたその場所から目をそらすことができなかった。

店に帰り着くまでのあいだに、雨はやんだ。

（六）

「日暮くん、ゆうべの地震、どのくらいだったんだろうね」

「さあ、震度四か五くらいはあったんじゃないの？」

「五はないだろう」

翌土曜日の朝、僕たちは南見家から引き取ってきた家財道具を軽トラから降ろすため駐車場に向かっていた。

「マルちゃんがやったのかな」

「けっこう迷信っぽいんだな、日暮くん」

深夜、地震があったのだ。屋根裏部屋で眠っていた僕たちは、それぞれのベッドでむくりと上体を起こし、揺れがおさまるのを待った。それほど長いものではなく、ものの十秒くらいで地震は終了となり、ふたたび布団を被ったのだが——意識が遠のく直前、遠くに救急車のサイレンを聞いた気がする。

「——そこの店の人ですか？」

低い声で呼び止められた。振り返ると、店の倉庫を指さして僕たちの顔を覗き込んでいるのはきわめて人相の悪い男だった。その目つきから僕は、「犯人」とか「警察」という言葉を連想し、ちょっと警戒した。

「警察の者ですが」

当たっていた。

「南見さんというお宅のことについて、少々お話が伺えればと思ったんですがね」

「あそこで何か？」

華沙々木が目を光らせる。

「いえ、ゆうべちょっとアレしたもんでね、いま情報を集めているところなんです」

はっきりした人相のくせに曖昧なことを言い、警察官は田代《たしろ》と名乗った。

僕たちが何時に南見家を訪問し、何時に辞したのか。そのあとはどこにいたか。誰といたのか。田代が訊いたのはそういったことで、僕たちは正直に答えた。訊くだけ訊くと、田代は「どうも」とかたちだけ頭を下げて路地を歩き去っていく。

「何かあったんだ……」

当たり前のことを言いながら、華沙々木がその後ろ姿を睨みつけた。

もちろん、僕たちはすぐさま軽トラに乗り込んで南見家へと向かった。


昨夜、泥棒が入ったらしい。

今朝起きて、何者かが侵入した形跡があることに気づいた里穂が警察を呼んだ。やってきた警官と、例の田代という刑事とともに、彼女は被害を確認するため家中を回った。南見家には里穂が所有する高価なアクセサリーがたくさんあり、また現金十数万円とクレジットカードが入った財布もあったが、幸いこれらはすべて彼女の寝室に仕舞われていたため無事だった。リビングの引き出しにあった通帳も、キャッシュカードも無事。洋間に置かれていた高級な壺も、ダイニングの古い焼き物も無事。ではいったい何が盗まれたかというと——。

「ナーちゃんなの」

菜美は興奮した面持ちで僕たちに語った。

「ナーちゃんがいなくなって、でもそれだけ。何も盗《と》られてないの。あ、キッチンに置いてあった段ボールの空き箱が消えてたんだ。たぶん泥棒は、その箱にナーちゃんを入れて連れ去ったんだと思う」

南見家の門の前だった。気になって来てはみたものの、呼び鈴を押すのもためらわれ、二人して柵の外からちらちらと家を覗き込んでいたところを菜美に見つかったのだ。けっきょく被害届に記されたのは飼い猫一匹のみで、警察はもう退散したらしい。いま頃どこかでナーちゃんを捜しているのだろうか。

「これってミステリーよね。だって、せっかく家に忍び込んでおきながら、猫しか盗んでいかないなんて」

額に縦皺を一本刻み、華沙々木がゆっくりと頷いた。

「たしかに不可解だ。ところで南見くん、泥棒はどこから侵入したんだい？」

「あたしの部屋の窓」

えっと僕たちが彼女の顔を見直すと、菜美は二階にある南向きの窓を目で示した。可愛らしい、小さなバルコニーがついている。

「雨樋《あまどい》とバルコニーの手摺《てす》りに、泥靴の跡とか、手袋はめた手の跡とか、要するに誰かが忍び込んだ跡が残ってたの。それをお母さんが見つけて、警察を呼んだの」

「怖いね、それ。じゃあ泥棒は菜美ちゃんの寝ているすぐ脇を通っていったんだ。……でも、こんなにたくさん窓があるのに」

どうして泥棒はわざわざ人が寝ている部屋の窓から侵入したのだろう。

「鍵が開いてたのが、家中でそこだけだったからでしょ。ほかの窓とか玄関のドアは、お母さんが寝る前にちゃんと鍵かけたから」

自分の部屋の窓に鍵がかかっていなかった理由について菜美は、昨夜遅くまでそこから外を眺めていて、寝る直前に閉めたのだが、そのとき鍵をかけ忘れたのだろうと言った。

「夜中に窓なんか開けて何してたの？」

「雨がやんだから、星の観察してた。あたし星、超好きなんだよね。夜になるといつも部屋の窓からぼんやり空を見て、星座を探したりしてるの」

意外とロマンチックなところがあるらしい。

「すると泥棒は、二階にある菜美ちゃんの部屋の窓から忍び込んで、またそこから出ていったのか。でも、箱に入れたナーちゃんを抱えて雨樋を下りるなんて――」

「同じ窓から出ていくわけないじゃん。日暮さん、そんなんじゃ泥棒になれないよ。出ていくときは普通に玄関のドアからだったみたい。お母さんが、ちゃんとかけたはずの玄関の鍵が、朝はかかってなかったから」

「なるほど、すると泥棒は南見くんの部屋の窓から侵入し、ナーちゃんを捕獲、彼女をキッチンにあった段ボールの空き箱に押し込んで玄関から立ち去ったというわけだね？」

「そうじゃないかな」

華沙々木はふうむと唇を曲げ、しばし沈思黙考していたが、やがて何かを射抜くような目つきをして言った。

「……臭うな」

「何が臭うんだ？」

「恐るべき犯罪の――」

という彼の言葉に重ねて、菜美が「ごめん」と左手を顔の前に立てた。

「湿布《しっぷ》臭いでしょ」

「湿布？」

鼻を近づけてみると、なるほど菜美からは膏薬《こうやく》の尖った臭いがする。三枚も貼っているのだと言って、彼女は黄色いパーカーの上から右肩をさすった。

「ゆうべほら、おっきな地震があったでしょ。あのとき壁にかけてあった時計が肩の上に落ちてきたんだよね。あたし死ぬかと思った」

「ああ、それで湿布を貼ってもらったんだ」

「自分で貼ったんだよ。お母さんは魚のことばっかり心配してたから。水槽が割れてないかとか、驚いて外に飛び出しちゃった子がいないかとか。まあ、いつものことだから、もう何とも思わないけどね。湿布貼って、痛みがおさまって、やっとまたベッドに入って眠れたと思ったら、朝早くから泥棒騒ぎだもん、嫌んなるよ。右腕、ぜんぜん動かせないし」

「動かせないの？」

「そう、真っ赤に腫れちゃって、無理に動かすと腕がもげちゃう感じ。……あ、戸村さんお早う」

路地の角に立っていた戸村に気づき、菜美が声をかけた。いつからそこにいたのだろう。豆もやしの戸村は、微笑しながら近づいてくると、僕たちの顔を見て訊ねるように眉を上げた。

「先ほど偶然家の前を通りかかりましてね、たまたま彼女から泥棒の話を聞いていたところです」

華沙々木が適当に説明した。

「戸村さんは、いまご出勤で？」

「ええ、いまからです。べつに、ここで暮らしているわけじゃないですから。——え、菜美ちゃん、泥棒って？」

「それがさ」

菜美は僕たちにした話をもう一度戸村に繰り返した。

「怖いなあ。それじゃあお母さんも不安がってるでしょう」

「知らない。訊いてみれば」

菜美の冷たい反応に、戸村は眉尻を下げて困った顔をした。ちらりと腕時計を覗き、「じゃ僕」と門を入っていく。

「もうちょっと向こう行こうよ。ここ、家の中から見えるでしょ。お母さんに、部屋で勉強しろとか言われたら面倒くさいから」

僕たちは少しだけ動き、花が終わりかけた金木犀《きんもくせい》の陰に移動した。三人で柵にもたれかかって腕組みをし、泥棒について考えてみる。今日は一日曇りの予報で、足下の水たまりが雲に濾《こ》された弱い朝日を反射していた。

「泥棒……」

「雨樋から……」

「ナーちゃんは……」

口々にそんなことを呟いていると、里穂の声が背後に近づいてきた。戸村といっしょに庭へ出て来たらしく、植木について何か指示を出している。ちょっと振り返ってみたが、金木犀の陰になって二人の姿は見えない。やがて話題が泥棒へと移ったので、僕たちは聞くともなしにその場で耳を傾けていた。

「さっきそこで菜美ちゃんに聞いたんですけど、彼女の部屋からだったそうですね、入られたの。いやしかし、何もなくてよかった。下手に目を醒ましでもして、暴力でも振るわれてたらねえ」

里穂の返事を待つような間があったが、彼女は無言だった。戸村がつづける。

「菜美ちゃんは無事だったし、金品も盗まれないで、ほんとによかったですよ」

「ナーちゃんは金品よりも大事じゃないって言うの？」

「え？　いえ、そういうわけじゃ」

もともと神経質な印象があった里穂だが、今日はいっそうナーバスになっているようだ。

「まああの、泥棒の件は警察にまかせるとして……そうそう地震」

戸村がぱちんと手を打つ。里穂の気が立っているので話題を転じたのだろう。

「あれ、ずいぶん大きかったですよね。菜美ちゃんの肩に時計が落ちてきたんですって？」

「救急車まで呼んだわ」

そんなに大ごとだったのか。僕は思わず菜美の横顔を見た。彼女は視線を下に向け、じっと唇を結んでいる。それにしても、いまの里穂の口調には何か冷笑のようなものが混じっている気がしたが――。

「救急隊員の目は誤魔化せなかったようだけど」

「え……誤魔化すっていうのは？」

「嘘なのよ、時計が落ちてきたなんて。わたしを心配させようとして、あの子、嘘をついたの。それがわかってたから、わたし救急車を呼ばなかったわ。あの子は呼んでくれって言ったけど。そしたらあの子、とうとう自分で呼んだのよ」

「嘘だったんですか」

「そうよ。救急隊員たちが肩を診ながらいろいろ訊いているうちに、だんだんボロが出てきたわ。しまいには時計のぶつかった場所が右肩から左肩に変わったりして、わたし本当に恥ずかしかった。頭下げて、帰ってもらったわ」

　そっと菜美の横顔を見た。彼女は前を向いたまま、違う、違うというふうに首を振っている。

「嘘じゃなかったってことを証明するつもりなのか知らないけど、あの子、今朝から湿布の臭いをぷんぷんさせてるの。気づかなかった？　そんなのに、わたしいちいち付き合ってられないわ。戸村さんも下手に心配したりしちゃ駄目よ。あの子、得意になるから」

「でも」

「ほんと言うとね、わたし、ゆうべの泥棒も菜美じゃないかと思ってるの。怪我したふりが通じなかったものだから、今度は自分の部屋から泥棒が入ったことにして、わたしの心配を買おうとしたんじゃないかって」

　華沙々木が身体を反転させて何か言いかけたが、その腕を菜美が素早く摑んだ。

「それは奥様、いくら何でも……だって、警察がちゃんと調べたんですよね？　外から入られた跡があったって、さっき菜美ちゃんから聞きましたけど」

「あの子がやったのかもしれないわ」

「そんな、無理ですよ、菜美ちゃんが雨樋を伝って二階まで上るなんて」

硬い笑いの混じった声で戸村が反論する。

「そうかもしれない。でも雨樋を伝って庭に下りるのなら、きっとできるわ。たとえば泥のついた靴を前もって用意して、それを履いて部屋の窓から雨樋を伝って下りて、玄関から入ってくるのなんて簡単でしょ。ナーちゃんがいなくなったのだって、あの子がどこかに捨ててきたんじゃないかって、わたし思うの。わたしがナーちゃんや魚たちばかり可愛がって、自分は放っておかれているって、あの子、思い込んでるから。ナーちゃんのことが憎かったんだわ。そうよ、いま思いついたんだけど、あの子が地震のときに右肩を怪我したって嘘ついたのも、そもそも泥棒が自分だって疑われないための作戦だったんじゃないかしら。右腕が動かないって言っておけば、バルコニーとか雨樋に妙な細工なんてできないって、みんな思うでしょ？」

「……本気ですか？」

里穂はしばらく黙り込んでいたが、けっきょく戸村の問いには答えず、別のことを話しはじめた。

「ゆうべもあの子、帰ってきたときに嘘ついたのよ。あなた気づいた？」

「帰ってきたときって……」

「ビルの屋上に一人で立っていたところを、あの二人に見つけられたって言ったでしょ」

「ええ、はい」

そんなことを言ったのか。

「あれも嘘に決まってるわ。わたしに変な想像をさせて、自分のことを心配させようとしたのよ。わたしが『どこのビル』って訊いたら、あの子、答えられなかったじゃない」

「ええ……黙り込んじゃいましたよね」

十秒間ほど、無言がつづいた。

「奥様、そろそろ戻りませんか。地面が濡れてますし」

二人の会話が遠ざかり、やがて聞こえなくなったとき、菜美が掠れた声を洩らした。

「あたしがそんなことするはずない……泥棒が入ったように見せかけるなんて……ナーちゃんをどこかに捨ててくるなんて」

痙攣《けいれん》するように息を吸い込み、顔を伏せたままつづける。

「あたし、ナーちゃんのこと大好きだったんだよ。二年生のときからいっしょで、ずっといっしょで、お父さんが出ていってからも、お母さんが冷たくなってからもいっしょで」

こぼれる涙を見せまいとして、菜美は両手で叩くように顔を覆った。くぐもった間欠的な泣き声を聞かせる彼女を、僕たちはただ見下ろしていた。このときおそらく、華沙々木も気づいていたはずだ。動かすことができないと言っていた、その右手を持ち上げて、彼女が自分の顔を覆っていたことに。しかし僕たちは何も言わなかった。言えなかった。もちろん、里穂が戸村に話していたようなことを信じたわけではない。ただ僕たちは、静かに泣く菜美を見つめながら、彼女の哀しみの深さをはかりかねて途惑っていた。

右腕のことは、菜美自身がすぐに気がついた。はっとして両手を顔から離し、僕たちのほうへゆっくりと目を向けた。濡れたその目に、やがて諦めたような微笑が浮かんだ。

「あたしが何言っても駄目だよね……嘘つきだから」

そして、彼女の顔から表情が消えた。あの顔——ずっと昔、火葬場のトイレの鏡に映っていた顔。言葉が出てこなかった。菜美の前で立ち尽くしながら、そのとき僕の胸に込み上げていたのは、共感でも同情でもない。熱い熱い、ある一つの願いだった。彼女がこんな顔をするのを、僕はもう二度と見たくない。

地震が起きたとき、壁から時計が落ちてきたと母親に嘘をついた菜美。自分で救急車を呼んだその気持ち。臭いのする膏薬を肩に貼りつけたその気持ち。ビルの上に一人で立っていたところを見つかったと話した、その気持ち。——彼女はたしかに嘘をついた。しかし、嘘をつくその気持ちはこの上なく本当だったに違いない。彼女の嘘がどうしてばれたのか。それは彼女が嘘をつけない子だからだ。実際には声を放って泣いているその顔を、無表情という嘘で覆っても、哀しみを隠すことなどちっともできないのと同じだ。

「始める……場所……あなたが……」

華沙々木がぶつぶつと何か言った。両の拳を強く握り、足下の湿ったアスファルトを強い目で睨みつけながら、彼はもう一度同じことを呟いた。

「ウルフの企画の法則……『始めるのに良い場所とは、あ、あ、あなたがまさに今いるその場所だ』」

華沙々木――。

突如、彼は半分かすれた金切り声を上げた。

「ちょっと待ったー！」

ダッと地面を蹴っていきなり駆け出す華沙々木を、僕たちは追った。彼は門をぶち開けてアプローチへ駆け込むと、そのままの勢いで庭の芝生へと突入し、家に入ろうとしていた里穂と戸村に向かって猛然と走り寄った。両目を大きく見ひらきながら振り向いた二人の前で、華沙々木はビタッと立ち止まり、昂然と顎をそらしてこう宣言したのだった。

「僕が真実を見つけてみせます！」

（七）

「……で？」

先ほどと同じ場所で、並んで柵に寄りかかりながら、僕たちはまた腕組みをしていた。菜美はもういない。変な人たちといっしょに何をやっているのだと里穂に叱られ、家に連れ戻されてしまったのだ。

「どうするんだよ、華沙々木」

訊いてみたが、華沙々木は答えない。まだ興奮がおさまらない様子で、息を荒らげたまま頬をひくひくさせている。そうかと思うと、急にこんなことを呟いた。

「一度やってみたかったんだ……夢に見るほど憧れていた……」

どこか嬉しそうな声だった。

「え、何に？」

「不可解な事件を解決する探偵にさ」

「華沙々木、もしかして……義憤にかられたわけじゃなかったのか？」

彼は「ぎふん？」と不可解そうに眉を寄せる。

「菜美ちゃんが可哀想だから、彼女を助けてやろうとしたわけじゃないのか？」

「そんな、人のことなんて気にしてる場合じゃなかったさ。だって、長年夢見ていた活躍のチャンスがようやくやってきたんだからね。いや、そりゃたしかに南見くんのことを可哀想だとも思ったけどさ」

弁解するように、華沙々木は目を泳がせながらひと息に喋る。なんて奴だ。僕は鼻息を洩らしてまた腕を組んだ。

「まあいいや。とにかく、真実を見つけるなんて言っちゃったんだから、ちゃんと考えなきゃ」

「もちろん考えよう」

「最後に菜美ちゃんが言っていた言葉だけど――」

里穂に腕を引っ張られ、家の中へと連れていかれるとき、彼女は首だけで振り返って僕たちにこんな言葉を残したのだ。

――あたし、誰かが逃げていくのを見た気がするの。真っ暗だったから、勘違いかと思って警察の人には言わなかったの。ゆうべ救急隊員さんたちが帰っていくのを二階の窓から覗いてたんだけど、そのとき誰かが門を出ていったように見えた。

そう言ってから、菜美はふと哀しそうに目を伏せた。

――でも、駄目か。あたしの言うことなんて信じられないよね。

「信じるだろ？　華沙々木」

「当然さ」

救急隊員が帰っていくときに門を出ていった人物。敷地内で、それまでいったい何をやっていたのか。泥棒に入られたのは救急車騒ぎのあと、菜美や里穂がふたたび眠りについてからのことらしいが、その泥棒と門を出ていった人影とは同一人物なのだろうか。

「泥棒に入ろうとして敷地に入り込んでいたのだけど、いきなり救急車がやってきて騒がしくなったものだから、いったん逃げた。やがて救急車が立ち去り、家の明かりが消えると、ふたたびやってきて二階の窓から家に忍び込んだ。そう考えてまず間違いないだろう」

華沙々木の考えに、僕は曖昧に頷いた。

「でも、そうまでして忍び込んで、何でナーちゃんしか盗まなかったんだ？」

「それはこれから考える。とりあえず聞き込みを開始しよう」

言いながら、華沙々木はもう意気揚々と歩き出していた。


彼は周囲の家を順繰りに訪問した。そして行く先々で不審がられ、迷惑がられた。「おたく誰なの？」「さっき警察に話したけど？」「夜中のことなんてわからないわよ、寝てたから」――聞き込みをしているのを里穂に見られたらまずいので、南見家から玄関が見える向かいの家だけは後回しにしておいたのだが、

「あれ、里穂さんが出かけていく」

里穂が門を出ていく姿を発見すると、華沙々木は嬉々として向かいの家へと急ぎ、呼び鈴を押した。

すると、収穫があった。僕を真相へと導く言葉を聞かせてくれたのは、昨日僕に金の話をした、あの二重顎のおじさんだった。

「あ、泥棒が入ったの？　いや今朝から警察がほら、このへんの人に何か訊いて回ってたみたいだから気になってたんだよね。ゆうべ遅くに救急車も来てたみたいだし」

庭のほうから出てきたおじさんは、興味津々といった様子で華沙々木に顔を寄せた。

「その救急車が帰っていくときのことなのですが、南見さんの敷地から逃げ出す怪しい人物が目撃されているんです。もしやあなたもご覧にはなりませんでしたか？」

「見たよ」

「えっ！」

自分で訊いておきながら、華沙々木は目と口を同時にあけて驚いた。

「女でしょ？」

女——。

全身に興奮をみなぎらせ、華沙々木は矢継ぎ早に質問を重ねた。それはどんな女だったのか。髪型は。背丈は。服装は。しかし、おじさんはよくわからないと言う。

「夜だもん、そこまで見えないよ。ただ、救急車のことが気になって二階の窓から覗いてたら、痩せた、女っぽい人影がどっかに走っていくのが見えただけで」

「そうですか……いや、ありがとうございました。犯人が女性とわかっただけでも収穫です」

「あの女が犯人なの？」

「それはまだ何とも」

「いまそう言ったじゃん」

「言葉の綾です」

「まあ、いかにも犯人っぽかったけどね。走り方なんか、ずいぶん慌ててたから」

華沙々木はもういくつか質問をしたが、それ以上の情報は得られなかった。僕たちはおじさんに一礼して玄関先を離れた。


それから、いったん店に戻って昼食をとろうということになり、二階の事務所で僕がインスタントラーメンを茹《ゆ》でていると電話が鳴った。「ああ南見くんか」という華沙々木の声が聞こえたので、ガスと換気扇を止めて耳をすました。

「なるほど……ふん、なるほど……わざわざ連絡をありがとう。え？　当たり前じゃないか、絶対に解決してみせるとも。日暮くんだって、すっかりやる気になっているよ。もっとも彼はワトスンみたいなものだから、あまり役には立たないけどね」

はっはっはっと笑い、華沙々木は電話を切ろうとした。

「菜美ちゃんから？」

「聞いてたのか」

華沙々木はぎょっとした顔でこちらを見た。

「そう、南見くんからだ。どうやらナーちゃんの身柄を確保したらしい」

「え、帰ってきたの？」

「うん。門のインターフォンが鳴らされて、戸村さんが出てみたら誰もいなくて、ゆうべ消えた段ボールがぽつんと置かれていたんだそうだ。開けてみたら、なんと中にはナーちゃんが入っていた。ちゃんと食事は与えられていたようで、健康状態にも問題はなかった」

「ちょっと代わって」

確認したいことがあったので、僕は華沙々木から受話器をもぎ取った。

「あ、菜美ちゃん？　あのさ、一つだけ教えてもらいたいんだけど――」

口許を手で覆って訊くと、菜美の短い返答はやはり僕が予想したとおりのものだった。

訝《いぶか》しげに横目でこちらを見ている華沙々木の視線を気にしつつ、僕は電話を切った。

「何の話だい？」

「いや、ほんとにナーちゃんが帰ってきたのかなと思って」

適当に誤魔化すと、

「だから、そう言ったじゃないか」

馬鹿馬鹿しそうに首を振ってから、さて、と華沙々木は勢いよく立ち上がった。

「どうやら事件は大詰めを迎えたようだ。いよいよ僕の脳細胞をフル稼働させるときがきた。しかし、まだ少々情報が足りない。僕が知っている事実だけではチェックメイトは難しそうだ。そこで日暮くん、きみが南見家で見聞きしたことを僕に話して聞かせてくれないか。細大洩らさずね。すべての情報を僕の脳細胞へインプットする必要がある」

「いいけど、ちょっと待って」

料理の途中だったので、僕はとりあえずガス台に戻ってインスタントラーメンを茹で終えた。変な茹で具合になったラーメンを華沙々木と二人ですすりながら僕は、自分が見聞きした物事をすべて話して聞かせた。家財道具を運び出している最中、トイレを借りるためリビングへ入ったときに戸村と交わした会話のくだりになると、華沙々木はいきなりパチンと箸をローテーブルに叩きつけて顔を上げた。

「レッドテールキャットだって？　あのマルちゃんが？」

「うん、そういう種類のナマズらしいよ」

「どうしてそれを早く言わないんだ！」

いったい何事か、華沙々木は十指を鉤形《かぎがた》に曲げて自らの頭を掴み、ものすごい形相でラーメンの丼を睨みつけた。

「レッドテールキャット……猫のような名前のナマズ……猫のような……ナマズ……」

何を言っているのかよくわからないので、僕がふたたびラーメンをすすりはじめると、華沙々木は風を切るようにして片手を横に払った。

「すまないが、その音をやめてくれないか。いまは僕を集中させてくれ。あと一歩なんだよ日暮くん。あとほんの一歩なんだ」

出た、と思った。たとえば店の経営をなんとか改善する方法はないだろうかと話し合っているときなども、いつだって最後はこの言葉が出てくる。出てきて、それでお終いだ。

「考える邪魔をしちゃ悪いから、チラシでも配りに行ってくるよ」

僕は店のチラシを抱えて事務所の梯子を下りた。


「チェックメイトだ」

倉庫で店番をしていた僕に華沙々木がそう宣言したのは、秋の短い日が暮れかけてきた頃のことだった。

「真相がわかったよ、日暮くん」

「どんな真相だったんだ？」

華沙々木はにやりと唇の端を持ち上げる。

「そうやって気軽に構えていたことを、あとできっと後悔するよ。なにしろ我々はこれから大捕物を決行するんだからね。もしかしたら、かなりの危険が伴うかもしれない大捕物を」

「は？」

「我々の手で泥棒たちを引っ捕らえるのさ。今夜あたり、泥棒たちはきっともう一度あの家にやってくる。盗みそこねたものを取り戻しにね」

「泥棒たち？」

「犯人は二人組だ。おそらくは男と女だろう」

「どういうことだ？」

「すべては犯人たちを捕らえたあとで説明する。まあでも、何も知らずに危険な任務につかせるのは忍びないから、ヒントだけ教えておこう。ヒントは『地震』、『ヤケ食い』、そして『プレゼント作戦』だ」

何だそれは。

「いいかい、夜になったら我々は南見家へ行く。軽トラの中に隠れて家を見張るんだ」

夜になった。

十時を過ぎた頃、華沙々木は僕を助手席に乗せ、全身に興奮をみなぎらせながら南見家へと軽トラを発進させた。車は向かいの家に寄せて停めた。もちろん南見家から丸見えの正面の路地ではなく、向かって右、つまり東側の路地だ。

「さあ、荷台に隠れよう。駐車車両に人が乗っていたら、連中はきっと警戒する」

南見家の書斎から運び出した家財道具は午後のうちに倉庫へ移しておいたので、荷台はがらがらだった。二人してそこへ乗り上がり、幌の隙間から外を窺ってみると、柵の向こうに南見家の庭がよく見える。雲はすっかり晴れ、不審者を待ち受けるにはもってこいの月明かりの夜だ。もっとも、華沙々木が待ち受ける不審者が実際に現れるとはとても思えないが。

さて、どうしよう。

「日暮くん、怖《お》じ気《け》づいたんじゃないのかい？」

「いや、べつに」

「強がっているね？」

じっとしているのがもどかしいというふうに、華沙々木は両手をせわしなく擦《す》り合わせ、幌の隙間に向かって胡座をかいた。

「さあ、いつでも来い、悪党たちめ」

僕は考えた。考えて、考えて、考えた。考えているだけでも大変なのに、考えていないふりをしなければならないのだから大変だ。そうしているうちに時間が経ち、僅《わず》かに射し込む月明かりで腕時計を読んでみると十一時半を回っていた。そっと溜息をつきながら、華沙々木の背中ごしに外を見る。南見家の明かりはすべて消えている。里穂も菜美も、もう寝たのだろうか。——いや。

「菜美ちゃんだ」

二階の窓から菜美の顔が覗いていた。南の空を、なにやら真っ直ぐに見上げている。

「どれ……ほんとだ。まずいな。あんなところから住人が顔を出していたんじゃ、連中がブツを盗みに来てくれやしない。あっ、こっちを見た」

菜美はしばらくこちらを眺めていたが、やがて路地に停まっているのが僕たちの軽トラだと気づいたのか、窓から上体を乗り出すようにして注視しはじめた。

「なあ華沙々木、泥棒騒ぎのあとで、変な誤解をされると嫌だから、菜美ちゃんには説明しといたほうがいいんじゃないのか？——僕が行って、ちょっと話してくるよ」

華沙々木が何か言いかけたが、僕は荷台から飛び降りて南見家の門を入っていった。足音を殺して静かにアプローチを進む僕を、菜美の不思議そうな視線が追ってくる。

このときには、もう僕は彼女のために一働きしようと決めていたのだ。はっきり言って、僕がやろうとしていることは犯罪にあたる。だが、それが何だというのだ。人生には、どうしてもやらなければならないことがある。

「お母さんは、もう寝た？」

窓の下に立ち、ぎりぎり彼女にだけ聞こえる声で囁くと、菜美は頷いた。

「あのね、もしかしたら今夜、泥棒がまたやってくるかもしれないんだって」

えっと菜美の口がひらく。

「でも心配いらない。華沙々木はそれを捕まえようとしてるんだ。だからあそこに隠れてる。菜美ちゃんは安心して寝てていいよ」

途惑いがちに、菜美は小さく顎を引いた。

ちらりと背後を見て、僕は自分の声が華沙々木に届かないことを確認してからつづけた。

「華沙々木がきみに伝えてくれって言うんだけど、泥棒をおびき寄せるために、一階のリビングの窓の鍵を開けておいて欲しいらしい」

「わかった」

囁き声の返事が聞こえ、菜美の顔が窓から引っ込んだ。すぐにリビングの掃き出し窓が内側からひらかれ、パジャマ姿の菜美が上体を突き出して吐息だけで訊いた。

「ここを開けておけばいい？」

「いいよ、どうもありがとう。じゃ、あとは僕たちにまかせて。あんまり星ばっかり見てると、風邪ひくよ」

立ち去ろうとした僕を、菜美が呼び止めた。

「ねえ、日暮さん」

「ん？」

「魚座の話って知ってる？」

「魚座の話？」

「……あたし、羨ましくてさ」

「何が？」

「ごめん、何でもない」

菜美は目をそらし、顔を引っ込めて窓を閉めた。

（八）

「連中め……どうやら諦めたようだな」

華沙々木が低い声でそう呟いたのは、幌の隙間から弱い朝日が射し込んできた頃のことだ。朝まで見張りをつづけたせいで、目の下には隈《くま》ができ、頬はいつもよりいっそう痩せこけている。もっとも、一晩中眠らなかったわけではない。十二時が近づいたあたりから、彼が舟をこぎはじめたので、交代で見張るのはどうだろうと僕が提案したのだ。華沙々木はその提案を呑み、一時間おきに寝たり起きたりしていた。

「華沙々木、そろそろ説明してくれないか」

「いいだろう。しかし説明はあの家の中でしなければならない。言葉だけではなかなか理解しづらいだろうからね。里穂さんや南見くんが起きるまで待とう。それまで一休みだ」

それぞれの携帯電話のアラームを九時にセットして、僕たちはそのまま荷台の中で仮眠をとったが、二人ともアラームを止めて二度寝してしまったらしく、起きたのは十時過ぎだった。

「おっと……まあいいや、行こうか日暮くん」

僕たちは南見家の呼び鈴を押した。インターフォンごしに、例の泥棒について説明しに来たのだと華沙々木が言うと、里穂はわざとらしい溜息を聞かせながらも入ってくるよう言った。

「あれ？　またあなたたちですか」

里穂につづいてリビングへ入っていくと、戸村がキッチンで洗い物をしていた。眼鏡の奥の両目をぱちぱちさせている。

「戸村さんもいらっしゃいましたか。ちょうどいい、これから一昨日の泥棒について僕がご説明するところです。よろしければ、こちらへ」

リビングにはすでに菜美がいて、座っていたソファーから腰を浮かせ、不安そうな、しかし若干わくわくしているような目を向けていた。

「で……何なんですか」

ものすごく迷惑そうな里穂の声だった。しかし華沙々木はひるまず、里穂、菜美、戸村のほうに身体の正面を向けると、よく通る声でこう言った。

「すべてをご説明します」

菜美が咽喉元を緊張させ、真剣な目で華沙々木を見る。

「里穂さん。あなたは先日の泥棒騒ぎで娘さんのことを疑いましたね。誰かが家に侵入したように見せかけたり、ナーちゃんをどこかへやったのは彼女なのではないかと。だが、それは間違いです」

「べつに、本気で言ったわけじゃないわ」

本気でなければ何を言ってもいいと考えているのなら、それこそ彼女が正すべき間違いだろう。しかし僕は言葉を挟まず、黙って事の成り行きを見守っていた。

「里穂さん、一つ確認します。一昨日の夜、地震騒ぎがあったとき、まだナーちゃんはこの家にいましたね？」

「ええ……いました」

なるほど、と腕を組み、華沙々木は説明を開始した。

「今回この家に忍び込み、ナーちゃんを連れ去ったのは、明らかに泥棒です。それも二人組だ。ただし、彼らはべつに猫が欲しかったわけではありません。目的は一般的な泥棒と同様、金目のものです」

「でも、それならどうしてナーちゃんを盗んでいったの？」

問いかける菜美に、華沙々木はぴたりと人差し指を向けた。寝不足のせいで、顔つきだけはすごみがあった。

「そこがまさに今回の事件の重要なポイントだ。いいかい、南見くん。犯人はナーちゃんを連れ去ったとき、猫を盗んだつもりではなかったのさ」

「じゃあ、いったい――」

「言ったろう、犯人の目的は金品だったと。それが何だったのかは僕にもまだわからない。

これからすぐにわかるだろうけどね。とにかく犯人は、ナ、ーちゃ、ん、が、そ、れ、を、持、っ、て、い、る、と、思、い、込、ん、だ。だからこの家から連れ去った」

「ナーちゃんが持っていると思い込んだ……？」

「そう。もし単独犯であれば、きっとそんな馬鹿馬鹿しい間違いは起こらなかっただろう。しかし今回の事件の犯人は二人組だった。しかも、意思の疎通があまり上手くいかない二人組だったんだ」

　精神を統一するように華沙々木は軽く目を閉じ、しばし天井に顔を向けた。

「順を追って話そう。――一昨日の夜、まず二人組のうちの一人がやってきた。雨樋を伝い、鍵が開いていた南見くんの部屋の窓からこの家に忍び込んだんだ。この人物は逃げ出すところを目撃されていて、周辺への聞き込みから、女性であることが判明している。彼女は泥棒目的で家に侵入すると、部屋を物色しはじめた。どこをどう物色したのかはわからない。とにかく彼女はやがて、あるものを手に入れた。宝石の類だろうと僕は考えているけどね。彼女はそれを見つけると、ほかにも何か金目のものはないかと物色をつづけた。しかしそのとき、想定外の出来事が起きた」

「何？」

「地、震、さ」

　華沙々木のぞっとするような眼差しが、菜美の目を射た。

「あれは大きな地震だった。まずい、と彼女は思っただろうね。地震のせいで家の人が起きてきてしまうかもしれない。案の定、里穂さんも南見くんも目を醒ました。里穂さんはこのリビングへ下りてきて水槽や魚たちの状態を確認しはじめるし、南見くんなんて救急車を呼んでしまった。そのとき犯人はまだこの家の中にいたんだ。どうしよう、どうしようと身を震わせながら、物陰にじっと潜んでいたのさ」

あたかも自分がそのときの女泥棒であるかのように、華沙々木は不安げな目をして自分の両肩を抱き寄せた。

「逃げなければならない。一刻も早く。――そこへ救急車が到着する。救急隊員たちが家に入ってくる。里穂さんに先導されて彼らは二階へ階段を上っていく。逃げるならいましかない。彼女は夢中で物陰から飛び出し、玄関へと急いだ。しかし」

華沙々木はぱんと手を打った。

「ここで彼女は見事な失敗をやらかした」

「どんな？」

「転んだのか、あるいはそれを持っていることを忘れてしまっていたのか――彼女の手から、盗品がすっぽ抜けて飛んでいってしまったんだ」

「どこに？」

「あ、あ、あそこに！」

ピストルを突きつけるようにして華沙々木が指さしたのは、一つの水槽だった。マルちゃんが泳ぐ、あの巨大な水槽だ。

「日暮くん、きみにやってもらおう」

　やっぱり僕か。

「その水槽の中を探ってみてくれないか。泥棒が入ってから既に二晩が経過している。モノはおそらく水槽の底で見つかるだろう」

　里穂、菜美、戸村があっけにとられた表情で見守る中、僕は水槽に近づいていった。何度見ても、マルちゃんはでかい。ここに手を入れろというのか。腰を屈めて水槽を覗き込む。見えない。視線の角度を変えて、隅のほうに横倒しになっている流木の陰に目をやると……ああ、見えた。

「ん、何か光るものがあるぞ？」

「丸裸で転がってはいないはずだ」

「何か黒いものに埋まってる。これ……フンだな」

「取り出してみたまえ」

「うん……」

　幸いにして、この役は戸村が買って出てくれた。水槽のそばに置いてあった網で、流木の陰に沈んでいたそれを器用に掬《すく》い上げた。何の躊躇もなく、彼は網の中を素手でいじくっていたが、やがてあっと声を上げた。

「指輪だ！」

全員が戸村の手元に注目した。きらきらと光る指輪。金色のリングに、非常識なほど大きなピンク色の石がついている。

「やはり指輪だったか。そういったものだろうとは思っていたが」

つかつかと歩み寄り、華沙々木は戸村の手から指輪を受け取った。

「これが、犯人の盗んだものです」

指輪を見て、菜美と里穂が同時に何か言いかけたが、華沙々木は気づかずにつづける。

「ではそのあとに起こったことをお話しします。女泥棒の手からすっぽ抜けたこの指輪は、マルちゃんの水槽へと落ちた。そしてあろうことか、マルちゃんはそれをぱくりと呑み込んでしまったのです。――その日、マルちゃんの機嫌が悪かったのが犯人にとって運の尽きでした。普段ならきっとマルちゃんは指輪なんて食べなかったでしょうからね。しかし機嫌の悪いマルちゃんはヤケ食いをしてしまった」

「ヤケ食い……」

戸村が呆然と呟いた。

「マルちゃんの不機嫌と地震とは、おそらく密接な関係を持っていることと思われますが、その方面に関しては門外漢なので説明は差し控えます。推理に想像を介入させるのは危険ですからね」

興味深いコメントを挟んでから華沙々木は話を戻した。

「指輪を呑み込まれ、犯人は絶望したことでしょう。なにしろマルちゃんはこのような恐ろしい容貌をしています。口に手を突っ込んで指輪を取り返す勇気はなかなか持てない。マルちゃんごと持ち去ろうにも、サイズがあまりに巨大だ。だいいち、もたもたしていては自分が逃げられなくなってしまう。——そして彼女はとうとう諦めた。つまり、何も持たずにこの家を逃げ出した。もうおわかりですね？　その逃げ出す姿を、二階の窓から南見くんが目撃していたのです。ここまでが事件の第一幕でした」

ゆっくりと息を吐き、華沙々木は手の中の指輪を沈痛な面持ちで見た。

「第二幕で登場するのは、もう一人の泥棒です。こちらは誰にも姿を見られていないので性別は不明です。しかし僕はある理由から、この泥棒を男性だと思っています」

「ある理由って何？」

いまや華沙々木のすぐそばで推理を謹聴《きんちょう》していた菜美が問うと、

「女性のためにこっそり役に立とうとするのは男性と決まっているからさ。きみも大人になったらわかるだろうけどね」

「こっそり役に立とうとする……？」

「女泥棒が盗みそこねた指輪を、自分が手に入れてやろうとしたんだ。彼女のために。あとで彼女にそれを渡して歓心を買おうとでも思ったのだろうね。だから彼はこの家に忍び込んだ。里穂さんや南見くんがふたたび寝静まったそのあとに」

「二度も泥棒が入ったっていうこと？　この家に？」

「そう、ひと晩のうちにね。――だけど二人目の泥棒もまた、大きな失敗をやらかした。女泥棒から正確な情報を聞かずに行動を開始してしまったんだ。きっと、男心というやつだろうね。彼は自分がやろうとしていることを彼女に悟られたくなかった。あくまでこっそり実行し、あとで指輪をプレゼントして驚かせてやりたかった。だから事前に彼女から敢えて詳しい話を聞かず、不正確な情報しか持たないまま、この家に忍び込んだ」

「華沙々木、その不正確な情報ってのはいったい……？」

よくぞ訊いてくれたというように、彼はくるりと僕に顔を向け、薄い眉をひくひくさせながら言った。

「指輪を呑み込んだのが何だったのかという点さ。彼女が彼に聞かせた情報は、では果たしてどんなものだったのか。たまには自分で考えてみるといい、日暮くん。きみはすでに真相へのキーを手にしているのだからね」

僕は首をひねって沈黙し、せわしく瞬きをしたり、唇をへの字に曲げたりしていたが、やがて「降参だ」と両手を挙げた。すると華沙々木は同情するような温かい目をして、小さく頷くと、僕たち全員に向かってこう言った。

「おそらく彼女は彼にこう言ったのでしょう――指輪はレッドテールキャットが呑み込んでしまったと」

あっと口の中で声を上げたのは菜美だ。彼女はしばらく宙を見上げて頭の中身を整理するようにぶつぶつと唇を動かしていたが、急に華沙々木に視線を戻して言った。

「もしかして、ナーちゃん？」

「パーフェクト！」

華沙々木がぱちんと指を鳴らす。

「彼は彼女が口にしたレッドテールキャットというのが何なのかを知らなかった。まさかナマズだとは思わず、てっきり猫だと思い込んだんだ。プレーリードッグを犬だと思い込んでいる人がいるようにね。彼は、レッドテールキャットという猫を盗み出すため、この家に忍び込んだ――そして、そこにはまさに尻尾が赤毛の猫がいた」

「でも華沙々木さん、ナーちゃんの尻尾は赤じゃないわ。茶色よ」

「南見くん――」

甘いよ、とでも言いたげに華沙々木はゆっくりと首を振った。

「きみはコナン・ドイルの『赤毛連盟』を読んだことはないかい？　赤毛の人がたくさん出てくる話だ」

大ざっぱな説明に、菜美は困惑顔を返す。

「まあ小説の内容はどうでもいい。僕が言いたいのは、赤毛が赤いとは限らないということさ。赤毛と呼ばれている人の頭髪は、実際には赤じゃなく、むしろ茶色に近い。そのことを承知していた泥棒は、ナーちゃんを見た瞬間、これだと思ってしまったのさ。これが彼女の言っていたレッドテールキャットに違いないと。そして彼はナーちゃんを捕獲し、この家から連れ去った」

ここで華沙々木はいったん口を閉じ、顎を引いてくくくと笑った。

「おそらく彼は、ナーちゃんにたくさん食べ物を与え、たくさんフンをさせたことだろう。そしてそのフンをピンセットやら割り箸やらでさんざんいじくったに違いない。ありもしない指輪を捜してね。——彼が自分の勘違いに気づいたのは、いくら捜してもフンの中から指輪が出てこなかったからなのか、あるいは女泥棒からレッドテールキャットがナマズだという事実を聞かされたのか、それはわからない。とにかく彼はナーちゃんが指輪を持っていないことを知り、その身柄を解放した。それが、今回の事件の真相だったのさ」

「そんな……そんな馬鹿馬鹿しいことが」

「たしかに今回の出来事は馬鹿馬鹿しい。でもね、日暮くん。考えてみれば、この世界は馬鹿馬鹿しい勘違いで満ちているんだよ。ただ、みんなそれに気づかず暮らしているだけさ」

僕は心の中で頷いた。

「里穂さん。この指輪はお返ししておきます。見たところかなり高価なもののようなので、今後は厳重に保管することをおすすめしますよ」

　華沙々木の差し出した指輪を、里穂はそっと受け取った。その目に映った感情は、僕が初めて見るものだった。寂しげで、哀しげで。僕はちょっとだけ彼女を見直した。

「それにしても、いったいこれは何カラットあるのですか？　普通の石の三十倍くらいあるように見えますが」

　華沙々木の言葉に、里穂の唇が微かに持ち上がった。恥ずかしそうに。

「おもちゃです、これ。ずっと前に、菜美がお小遣いで買って、プレゼントしてくれたんです。わたしと主人――別れた主人に、一つずつ。この子がまだ小学一年生のときの、結婚記念日だったわ」

「あ、へえ南見くんが」

　華沙々木は平静を装って菜美のほうを見た。

「だって……結婚指輪とか、なかったって言うから」

　菜美は母親と目を合わせない。

「お母さん、警察に、何も盗まれてないって言ってたけど……それが失くなってたこと、いままで気づかなかったの？」

　娘の問いかけに、里穂はうつむいて唇を噛んだ。

「女泥棒め、おもちゃの指輪を本物だと思ったんだな」

この展開が想定外だったらしく、華沙々木は急に落ち着きがなくなって、ちらちらと二人を見比べていたが、やがてオホ、と変な咳払いをした。

「さあ、これで我々の出番は終わりです。少々疲れたので、これにて失礼させていただきますよ。では」

玄関を出る僕たちを、三人は見送ってくれた。菜美が車までいっしょに行くと言い、里穂も反対はしなかった。華沙々木と菜美が先にアプローチを進み、僕がその後ろをついていきかけたとき、

「あの……日暮さん」

ためらいがちな里穂の声に呼び止められた。

「ほんとなんでしょうか？　さっきの……泥棒のお話」

彼女の後ろで、戸村も半信半疑の顔をしている。

さあ、と僕は首をひねった。

「僕には、なんとも」

頭を下げてそそくさと退散しながら僕は、南見家のキッチンから魚肉ソーセージが一本と、ゼラチンが少々と、焼き海苔が一枚消えていることに、戸村や里穂が気づかなければいいがと思った。

（九）

ところで、その十時間ほど前——深夜十二時を過ぎた頃のこと。

「じゃ、華沙々木は寝ててくれよ。まずは僕が一時間、見張ってるから」

「よろしく頼むよ、おやすみ」

ごろりと寝そべって手枕をし、すぐに寝息を立てはじめた華沙々木を尻目に僕は軽トラの荷台を降りた。鉄柵に沿って回り込むと、南見家の向かいの家の門は開いていた。そっとそこを抜け、雑草がぼうぼうと茂った月明かりの庭に出た。

あの二重顎のおじさんが、縁側にちょこんと座っている。傍らには大きくふくれた旅行鞄が置かれていた。

「すみません、お待たせして」

僕が声をかけると、おじさんはむくりと顔を上げ、警戒するように幅広の肩を強張らせた。僕は隣に腰を下ろし、あまり時間がないのでさっそく本題に入った。

「昨日の夜中、南見家に忍び込んだのは、あなたですよね？」

知られていることは十分に予想していたのだろう、相手はあまり驚きもせずに頷いた。

「警察に突き出すってわけじゃないんだろう？　わざわざ夜中に、こんな場所で待ち合わせたんだから」

「もちろんです。警察なんて、とんでもない」

昼間、菜美が店に電話をかけてきて、ナーちゃんが戻ってきたことを教えてくれたとき、

――あ、菜美ちゃん？　あのさ、一つだけ教えてもらいたいんだけど。

僕は彼女にこう訊いた。

――向かいの家って、空き家だよね？

空き家だと、菜美は答えた。近々取り壊しの予定があるらしい。それを聞き、僕はチラシを配りに行くと嘘をついてここへやってきたのだ。いまと同じ場所で、同じように背中を丸め、おじさんはぽつんと座っていた。会えたことにほっとしながら、今夜少しだけ話がしたいと言うと、おじさんは黙って眉根を寄せたので、僕はこうつけ加えた。

――菜美ちゃんを、助けるためなんです。

本当は、一人で来るつもりだったのだ。しかし華沙々木が夜っぴて南見家を見張るなどと言い出したものだから、こうしてこっそり荷台を抜け出すようなことになった。

「菜美ちゃんのお父さんの――幸造さんですよね？」

僕がそう訊いたときも、おじさんは大して驚かなかった。二重顎を引いて頷き、それから疲れたような目を上げた。

「でもあんた、何でわかったんだ？　昨日も今日も、上手いこと、ここの住人のふりしてた

つもりなんだけどな。家で俺の写真でも見たか？」

「いえ、写真なんて見てませんよ。もともと、二度、玄関先でお会いしていながら、玄関ドアを出入りするところを一度も見ていないので、なんだか変だなとは思っていたんです。それにほら、今日僕たちがここへ来て泥棒の話をしたとき、幸造さん、南見家に泥棒が入ったことを知らなかったふりをしたじゃないですか。でも、警察が近所を回って何か訊いていたようだから、気になっていたとも言いました」

――あ、泥棒が入ったの？　いや今朝から警察がほら、このへんの人に何か訊いて回ってたみたいだから気になってたんだよね。

「警察は聞き込みに回ったとき、ここの呼び鈴も押したはずなんです。だって、お向かいの家なんですから。泥棒に関して何か役に立つ情報が得られる可能性が一番高い。でも、庭にいたあなたは出ていかなかった。理由は簡単で、この家の住人じゃないと警察に知られるとまずいからです」

「そりゃ、勝手に庭に入り込んでたわけだからな」

「それに、南見家に忍び込んだ張本人でもありましたしね」

「うん……まあ」

気まずそうに、幸造は視線を下げた。

「それと、救急車の話。あのとき幸造さん、『ゆうべ遅くに救急車も来てたみたいだし』って言ったじゃないですか。でも、いったい何があったのかを僕たちに訊きませんでしたよね」

「そうだっけか」

「普通は訊くでしょう。お向かいの家に、夜中に救急車が来たんですから。それを訊かなかったということは、もしかしたらこの人は救急車が来て帰っていったときの顚末を知っているんじゃないかって思ったんです。あの夜、南見家の庭に入り込んでこっそり様子を窺っていたんじゃないかって。――救急隊員たちが帰っていくとき、南見家の敷地から逃げていく人影を菜美ちゃんが見かけているのですが、あれは幸造さんだったんですよね？　だから、僕たちが人影を見なかったかと訊いたとき、『痩せた女』だなんて答えたんでしょう？」

痩せた女、つまり自分と正反対の人物像を、咄嗟に僕たちに伝えたわけだ。

「でもあんた、だからって、何で俺が菜美の父親だってわかったんだ？　ただ向かいの家に隠れてる不審者だったかもしれねえだろ」

「南見家に忍び込んだとき、あなたがナーちゃんを家から出したからですよ」

ああ、と幸造は納得したような声を洩らした。

「ナーちゃんは家の人以外には近寄りません。そのかわり、家の人には鳴き声を上げて甘えますよね。南見家に忍び込んだとき、ナーちゃんはあなたにまとわりついてきたんじゃないですか？　だからあなたは、里穂さんや菜美ちゃんが起きてきたら大変と、ナーちゃんをキッチンにあった段ボール箱に入れて、外に出した」

「悪いとは思ったけどな」

幸造はへへへと肩を揺らした。

「幸造さん。昨日の夜、そもそもどうして南見家に忍び込んだんです？」

訊くと、幸造は急に真面目な顔つきになって腕を組んだ。

「菜美が心配だったんだよ。ほら、でかい地震があっただろ。あのあと、家の明かりがついて、なんだか騒がしくなって……しまいには救急車が来た。俺、地震で里穂か菜美が怪我したんだと思って、庭に隠れて様子見てたんだけど、どうもおかしい。玄関のドアにぴったり顔つけて耳すましてたら、最後には救急隊員たちの笑い声なんか聞こえてくるしさ。そのうち救急隊員たちと里穂が二階から下りてきたから、俺、急いで逃げたんだ」

そのときの姿を、二階から菜美が見ていたのだろう。

「けっきょく救急車は誰も乗せないで帰っていった。まあこりゃ、たぶん菜美がちょっとどこかぶつけたのを大げさに騒ぎ立てでもして、救急車を呼んだんだろうとは思ったんだ。でも、やっぱり心配でさ。大丈夫だってとこを、この目で見るまでは落ち着かなくてさ。だから……」

「忍び込んだ？」

「ああ。菜美の部屋の窓が、もしかしたら開いてるんじゃねえかと思ってな。あいつ星が好きで、夜、いつもあそこの窓から空を眺めてんだ。だから俺、夜になるとここの庭から菜美の顔を見てんだよ。ちょうど空き家だったもんでさ、入らしてもらって。面と向かって会うわけにはいかねえから、ここからこっそり見てんの。寝る前にはちゃんと窓の鍵を閉めろよって、俺や里穂が何べんも言ってたんだけどなあ。いくら言っても忘れるんだよ、あいつ。窓閉めただけで満足して、鍵をかけねえんだ」

古いアルバムを眺めているような、幸造の横顔だった。

「それで、昨日も、雨樋を伝って上ってみたら、やっぱり鍵が開いてた。俺、そこからそっと中に入って、菜美の顔を見たんだ。静かに眠ってた。寝返り打つまで、ずっと見てたんだけど、怪我もべつにしてないようだった。それで俺、ようやく安心したんだ」

「でも、どうしてそこでまた窓から出ていかなかったんです？　ナーちゃんをキッチンの箱に入れたということは、幸造さん、一階に下りていったっていうことですよね？」

「忘れ物があったんだよ」

幸造が南見家から持ち出した物が何だったのか、まだ知らなかった僕は、首をひねって相手の顔を見た。

「家を出るとき、これを忘れていったんだ。ずっと取りに戻りたかった。でも、できなくてさ」

幸造が取り出したのは、金色のリングにピンク色のガラス玉がついた、おもちゃの指輪だった。菜美が小学一年生のとき、自分と里穂に買ってくれたのだと、幸造は言った。

「リビングでこいつを捜してたら、ナーのやつがまとわりついてきてよ。仕方ねえから外に出したんだ」

「その指輪を見つけて、出ていくとき、どうしてナーちゃんを家に戻さなかったんです？」

「いや、戻そうと思ったよ。でも箱の中であんまりナーナーうるせえからさ。家に入れてるあいだに里穂か菜美が起きてきたらまずいだろ」

それだけではないようだった。

「まあ……ちょっと寂しかったしな。一晩だけ借りた。この縁側でいっしょに寝たよ。無理やりセーターの中に押し込んで寝かしたんだけど」

そう言って、幸造はセーターの胸のあたりをのろのろとさすった。やがて、ふと顔を上げて言う。

「そんなことより、おい、菜美の話だ。あいつがどうかしたのかい？　あいつを助けるとか何とか……」

「そうそう。里穂さんがですね、泥棒は菜美ちゃんだったんじゃないか、なんて言うんです。それを菜美ちゃんが聞いちゃって、いまとても傷ついています」

「里穂のやつ……」

「だから、どうすべきか、お父さんにご相談しようと思いまして」

「いいよ、じゃあ。里穂と菜美に本当のこと話してくれよ。――ほら、これ」

幸造は僕の手に、ぶっきらぼうな仕草で指輪を握らせた。

「忍び込んだのが俺だっていう証拠が要るだろ。これ見せれば、里穂も納得するよ。どうせいまの俺には、これを持ってる資格なんてねえんだ」

「……ほんとに、話していいんですか？」

念を押すと、幸造は黙り込んだ。

「話さないですむ方法なんて、ねえだろうが」

「そうでしょうか」

「あんのか？」

ぱっと幸造の顔が輝いた。

「あんなら、そりゃ、できれば……いや、なんとか……」

ふたたび黙り込む。

「なんとかしてみます」

疑うような幸造の視線を受けながら僕は立ち上がった。

「なんとかなるように、頑張ります」

あまり時間がない。頭を下げ、庭を去ろうとすると、幸造が呼び止めた。

「なあ、あんた。俺がどうしてこんなナリしてフラフラしてんのか、訊かねえのかよ？」

薄汚れたセーターと大きくふくれた旅行バッグを、すねたように示す。

「教えてもらっても、きっと僕じゃ役に立てませんから」

「見れば、だいたいわかるってか」

「まあ、なんとなくは」

「ためしに訊いてみてくれよ」

仕方なく僕は座り直し、何があったのかと訊ねた。

家を出ていったとき、幸造の会社はすでに倒産が見えていたのだそうだ。里穂と菜美——二人の大切な家族を路頭に迷わせまいと、幸造は離婚して彼女たちのもとを去った。慰謝料ということで預金や株券などは里穂に譲ってあったので、会社を処分して取引先への債務を返済し終えたときには一文無しになっていた。いまは住む場所さえないのだという。

「里穂と菜美は、このまま十分やっていけるだろ。金もあるし、住む家もある。もともと会社は俺の名義だったけど、家や土地は里穂の名義にしておいたからな。こんな日が来たときのために」

「予想していたんですか？」

「するかよ、そんなの」

犬が弱々しく吠えるような声だった。

「でも、もしものときの用心は必要だろ」

「幸造さん。すべてを話して、三人でやり直そうとは思わないんですか？」

「馬鹿言うな。結婚した男の……父親の、こんな姿、見せられるかよ」

「わかってくれると思いますよ」

「だから駄目なんだよ。そうなったら里穂のやつ、自分も働きに出るなんて言い出すだろうからな。菜美だって、あたしもバイトするなんて言い出すに決まってるんだ。ぜったいそうなる」

悔しそうに、幸造は南見家を睨みつけた。

——女性のためにこっそり役に立とうとするのは男性と決まっている。

華沙々木の口からそんな言葉が飛び出したのは、それから十時間ほど後のことだ。あれは、ある意味では当を得ていたのかもしれない。男はいつも、大切な女性のために、こっそり役に立とうとする。華沙々木の「犯人」氏も、幸造も。こっそり役に立とうとして、そのやり方が間違っているところまでそっくりだ。

「自分から訊いてくれなんて言っといて、アレだけど」

やがて僕が立ち上がると、幸造は生真面目にこちらを見つめて言った。

「いまの話、黙っててくれよ。俺がどんな生活してるかって話」

そう言われてしまうと、もともと部外者の僕には拒否することは難しい。しかし、

「やっぱり二人には、ちゃんと話したほうが——」

「いつか再出発するからさ。必ずするから。そしたら俺、あいつらを迎えに来るつもりなんだ。金より何より、一番大事なあいつらを迎えに来るんだ。それまでは秘密だ。ぜったい言うな。あんたも男なら、いいか、ぜったい言うなよ」

仕方なく、僕は頷いた。

「……わかりました」

「約束だぞ」

相手の笑顔につられて笑い返してから、月明かりの庭をあとにした。

右手に握ったおもちゃの指輪が、なんだか熱い気がした。これからやる仕込みが、もし上手くいってくれれば、菜美に対する里穂の誤解は解ける。しかし、疑われたというその事実まで菜美の胸から消えるわけではない。彼女がこれから母親とたくさんの話をし、笑い合い、楽しい思い出を胸に注ぎ込んで、嫌な思い出を薄めてくれることを僕は祈った。きっとそれは実現するだろう。里穂は、本来とても大きな愛情を持っている人なのだと僕は思っている。自分に学がないせいで夫が出ていったと思い込んだ彼女は、心底菜美のことが心配になったのだ。甘やかしてはいけないと、頑《かたく》なに考えてしまった。だからいまのように、極端に厳しい母親になってしまったのだろう。本当はいまだって、以前のように菜美といっしょにテレビを見たり、漫画を読んで笑い合ったりしたいに違いない。しかし、それができないのだ。思えば、だからこそ彼女は魚を飼いはじめたのかもしれない。抑えつけている大きな愛情の、捌《は》け口が必要だったのかもしれない。ペットを飼うのであれば、べつに犬や、もう一匹の猫でもよかったはずなのだ。なのに彼女は、体温のない魚を選んだ。それは菜美に対する無言の謝罪でもあり、自分に対する小さな言い訳でもあったとは考えられないだろうか。

南見家の門を抜け、菜美が鍵を開けておいてくれた窓へと向かいながら、僕はなんとなく背後を振り向いた。雲は完璧に晴れ、南の空は洗われたように透明で、浮かんでいる無数の星々が息を呑むほど綺麗だった。僕の知っている星座がいくつか見つかった。ペガサス座、水瓶座、鯨座、魚座――。

「あ……」

そのときになって、初めて気づいた。

――ねえ、日暮さん。魚座の話って知ってる?

――あたし、羨ましくてさ。

あのとき菜美が言おうとしたこと。

魚座は、二匹の魚が互いの尾びれをリボンで結び合っている姿だという。神話によると、ヴィーナスとその子キューピッドが川のそばを歩いていたところ、突然怪物が現れ、二人は驚いて魚に姿を変えて逃げた。そのとき、互いが離ればなれにならないよう、尾びれをリボンで結び合ったのだそうだ。

菜美も、自分と母親を結ぶリボンが欲しかったのかもしれない。だからああして南の空を見上げていたのかもしれない。彼女の視線の先には、いつも魚座のリボンがあったのではないだろうか。

月映えの庭に立ち、秋の空を見上げながら、僕は自分の胸の中で、南見家の先行きを悲観する気持ちがどんどん小さくなっていくのを感じていた。きっと大丈夫、そんなふうに思った。里穂と菜美も、いつかきっとまた強いリボンで結ばれる日が来る。そもそも星座をつくったのだって、自然でもなければ神様でもない、人間なのだ。二匹の魚の尾びれを結び合わせたのは人間なのだ。菜美と里穂も、いつかぜったいに、自分たちのあいだに強くて美しいリボンを描いてくれる。なにも二人でやる必要なんてない。僕や華沙々木だっている。幸造だって必ず戻って来る。みんなでやればいい。

大きく一つ頷いて、僕はマルちゃんのフンを製作すべく南見家へと近づいていった。まずはソーセージの中身を取り出して、そこに水とゼラチンを入れて……黒い色は焼き海苔でも溶かせばいいだろうか。ゼラチンが固まったら、ソーセージのビニールから出して、そこに指輪を……もしソーセージが冷蔵庫になかったら、ラップで上手くやろう。ところで家宅不法侵入というのは、ばれたらどれくらいの罪になるのか。

（十）

「僕の最初の活躍を思い出しているね、日暮くん？」

わかっているんだよ、という目で華沙々木が僕の顔を覗き込んでいた。秋の雨が、倉庫の外に音もなく降りつづいている。

「まあ、そんなとこかな」

「僕もだよ。僕もいま、あの事件が僕の手によって見事に解決された瞬間のことを思っていたところさ。ああ、なんだか急にウナギが食べたくなってきた」

「なあ華沙々木、一つだけ訊いてもいいかな」

「何だい？」

「あのとき……ほら、一年前、菜美ちゃんの家の前で、きみはいきなり里穂さんたちに駆け寄っただろ。『ちょっと待ったー』とか叫びながら」

「ああ、うん」

「あれはほんとに、事件を解決する探偵になりたかったからなのか？」

僕の言葉が終わるか終わらないかのうちに、華沙々木は予想どおりの反応を示した。まさに愕然といった感じで、下の歯をちょっと覗かせて口をあけ、眉を吊り上げて僕の顔をまじまじと見下ろしたのだ。あのとき華沙々木は、きっと僕なんかよりもよっぽど強い義憤にかられていたのだろう。しかし彼は、それを素直に言えるような男ではない。

「ごめん、何でもない」

あまり追及しては申し訳ないので、僕はまた雨を眺めた。華沙々木は口の中で何かぶつぶつ言っていた。

ところで、あれから幸造がどうなったのか。

僕は本人には会えていない。南見家の向かいの家は、あの冬に取り壊され、いまは新しい二世帯住宅が建っている。もうしばしば庭に入り込んで南見家を眺めることはできない。いったい彼は、どこでどう暮らしているのか。

何度か、菜美にそれとなく父親のことを訊いてみた。やはり連絡はないらしい。答えるたび、菜美はとても哀しそうな顔をする。彼女にすべてを話してしまいたいと思ったことは、もちろん一度や二度ではない。はっきり言って毎日思っている。しかし、僕は幸造と約束してしまったのだ。ぜったいに話さないと。幸造が再出発して彼女たちを迎えに来るまで、ぜったいに話さないと。

今後、彼らがどうなるのか、僕にはわからない。けれど、やはりそれほど悲観してはいない。季節が変わっても、朝が来ても、星は空から消えはしないのだから。いったん見えなくなっても、やがてはまた必ず現れる。消えないかぎり、いつでもつなぎ合うことができる。

結び合うことができる。

「ねえ日暮さん、早くギター直してよ」

事務所から菜美の声がした。

「ギターって？」

華沙々木が片眉を上げる。

「ああ、黄豊寺で買い取ってきたんだ。エレキを直して、菜美ちゃんに売るって話になってさ」

「南見くんが……ギターか」

「でもこれ、直せるのかな。ひどく古いし」

「駄目だよ日暮くん、男は約束を守らなきゃ」

「わかってるよ」

僕はリペア・スペースに引っ込んでエレキギターを持ち上げた。

「約束は守るさ」

こうなったらもう、完璧に直してやろう。ついでに見た目もぴかぴかの新品同様にして、誰もが羨ましがるようなギターに仕上げ、菜美にプレゼントしてやろう。

彼女を落胆させるわけにはいかない。

冬

橘《たちばな》の寺

（一）

軽トラの運転席を降りると、正面から吹きつけた冷たい風がコートの背中を膨らませた。暮れも押し迫り、駐車場の曼珠沙華はいつのまにか姿を消している。薄毛のようにちょろちょろ生えていた雑草たちもみんなすがれ、空気は真冬の硬さを帯びて——財布には金があるのだ。

「和尚……」

愛しい人の名を口にするように、僕は冬空を見上げて呟いた。

軽トラの荷台には何も載っていない。店を出るときに積んだレコードプレイヤー付きの大きなオーディオセットは、たったいま黄豊寺に置いてきた。

住職が電話をよこし、ちょっとしたオーディオセットが欲しいのだがと相談してきたのは昨日のことだ。ちょうど店の倉庫には、去年の「マルちゃんヤケ食い事件」のときに南見家からタダ同然で買い取ったやつがまだ置いてあった。状態や仕様などを簡単に説明すると、住職はそれを売ってくれと言う。いろいろ事情が絡んだ商品だったので、いちおう菜美に相談してみたのだが、彼女は意外にもあっさり売却を承諾してくれた。そして今日、僕が黄豊寺まで商品を運び、なんと二万二千円で住職に売りつけてきたのだ。最終的に一万二千円くらいまで値切られることを覚悟で、僕はその金額を提示したのだが、驚くべきことに住職はすんなり頷いて財布から現金を取り出した。それから仏のような顔で僕に微笑むと、わざわざあたたかいお茶を出してくれたりもした。その後、完全に心の構えを解いてしまった僕が、あれはじつはただ同然で引き取った商品なのだとうっかり口を滑らせてしまったときも、住職は怒るどころか快活に笑った。そして、お前さんもなかなか商売上手じゃないかと言いながら、僕を悪戯っぽい目つきで見たのだった。

鼻歌をうたいながら倉庫へと向かう。入り口の看板は、澄んだ空の色を映してきらきらと輝いている。

『リサイクルショップ・カササギ』

アイロン、経机《きょうづくえ》、流しそうめんセット、『コボちゃん』、『原色植物図鑑』——なかなか売れてくれない商品たちのあいだを半身になって進む。二階の事務所へと梯子を上っていくと、アンプをとおしていないエレキギターの音がぺちぺち聞こえてきた。ド、レ、ミ、ファ、ソ、ラ、シ……♯ド。

「ギタリストへの道は遠そうだね」

「ぜんぜん駄目、いくら練習しても上手くなんない」

菜美は相変わらずこの店に暇さえあれば出入りして、そのへんにある漫画を読んだり、テレビを見たり、勝手にチャーハンをつくったり、最近ではこうしてエレキギターの練習をしていたりする。家で弾くと、そんなことより勉強しろと母親がうるさいのだそうだ。

「あれ、菜美ちゃん、そういえば何で制服着てないの？」

「今日から冬休みだもん」

トイレで水を流す音がして、ドアから華沙々木が出てきた。

「おや、日暮くん。黄豊寺に行ってきたというのに、珍しく暗い顔をしていないじゃないか」

「それが、じつはさ――」

寺での顚末を説明すると、華沙々木はえっと声を上げて僕の顔を見直した。

「すごいじゃないか！　二万二千円？」

「そう二万二千円」

財布から現金を取り出してみせた。華沙々木は薄い眉をしきりにひくつかせ、はあはあいながら両手を差し出す。

「まったくきみは大した商売上手だよ、日暮くん。やったじゃないか、ええ？」

が、ここで彼はぴたりと表情を止めて、しまったという顔をした。おもむろに姿勢を正し、傍らの事務机からいつもの〝Murphy's Low〟を取り上げる。

「『もし最初に成功しても、びっくりした顔をしないようにしろ』……僕としたことが、メルニックの法則をすっかり忘れていたよ」

もっとも僕だって、それから二日後に起きる出来事を知ってさえいれば、少しも興奮したりしなかったはずなのだ。

（二）

二日後はクリスマスイブだった。昼過ぎ、スーパーで夕食用のチキンを買って戻ってくると店の電話が鳴っていた。

黄豊寺の住職からだった。

『お前さん、蜜柑《みかん》は好きかね』

唐突に訊ねられ、僕は面食らいながらも、まあ好きですと答えた。

『それならどうだ、うちへ蜜柑狩りをしに来んか。裏庭の蜜柑がちょうど収穫時期なんだが』

「蜜柑狩り……ですか」

黄豊寺の庭にたくさん蜜柑の木が植わっていることはもちろん知っていた。二日前にオーディオセットを届けに行ったとき、美味《おい》しそうだなあと思ったことも憶えている。――しかし。

気をつけろ、と胸の中で直感が声を上げた。

「ちなみに、料金はおいくらほどで？」

『はっはっは、馬鹿を言うな、無料に決まっているじゃないか。そしてもちろん自分で収穫したものはぜんぶ食べてもらって構わない。食べきれなければ持って帰ればいい。いままでほれ、いろいろと世話になった、お礼だ』

「ええと……収穫するのも、食べるのも、持って帰るのも、無料なんですか？」

『当たり前じゃないか、いったい何を警戒しとる。何個収穫しても、何個食べても、何個持って帰っても、金など絶対に取らん。ほれどうするんだ。来るのか？　来んのか？』

僕はまだ内心で首をひねりながら、ちょっと同僚に相談してみますと言って電話を切った。

「誰から？」

華沙々木が屋根裏部屋から下りてきたので、電話での会話《やりとり》を説明すると、彼はいきなり前のめりになって顔を突きだし、み、み、み、と言った。

「蜜柑狩りだって？」

「なんだ華沙々木、蜜柑好きなのか？」

「大好きだ！」

華沙々木は薄い胸を張った。そして、幼い頃は愛媛県内で水道の蛇口をひねるとポンジュースが出てくるという噂を信じて、本気で将来の移住を考えていたと教えてくれた。

「知らなかったな。じゃ、行ってみる？」

そういうわけで、僕たちは出かける支度をした。広告の裏側を利用して「本日急用のため臨／時休業いたします」という張り紙をつくり、それをセロハンテープでシャッターに貼っていると、マフラーをぐるぐる巻きにした菜美がやってきた。

「どっか行くの？」

「うん、ちょっと黄豊寺まで蜜柑狩りに」

「え、黄豊寺って日暮さんがギターを買い取ってきたお寺？」

「そうだよ」

「あたし、ギター教えてもらいたかったんだよね、弾ける人に。一人だとぜんぜんわかんないんだもん。いっしょに行っていい？」

「いいよ。蜜柑狩りのあとででも、住職にギター教えてもらえば？」

じつのところ僕の腹の中には、住職が本当にギターを弾けるのかどうか試してみたいという嫌らしい気持ちも少しあった。秋に売りつけられたあの三本のギターは、ひょっとしたらどこかのゴミ捨て場から拾ってきたものなのではないかという疑いを、僕は抱いていたのだ。

黄豊寺は幹線道路から山のほうへ入り、僕がひそかに「なまはげロード」と呼んでいる、長くて急な上り坂をたどったその先にある。運転席に華沙々木が座り、助手席にはギターを抱えた菜美が座り、僕は隙間風が猛烈に吹き込む荷台に乗って移動した。

軽トラを駐車場に停めて総門をくぐっていくと、前庭に立っていた僧服の巨体がこちらを振り返った。

「おお、来たか」

「やあ、お世話になります、僕はこの日暮くんといっしょに店を経営している華沙々木という者です。今日は蜜柑を無料でもいで、無料で食べて、無料で持ち帰ってもいいとお聞きしてやって参りました」

嬉々として歩み寄った華沙々木に、住職はちょっと頷いてみせた。差し出された華奢《きゃしゃ》な手をグローブのような手で握り返すと、背後に向かって大声を上げる。

「おうい宗珍《そうちん》、お客さんだ！」

懐かしいアニメ特集で見た一休さんのような、白い着物に黒帯の小僧さんが竹箒《たけぼうき》を持って寺の裏手から駆けてきた。頭は電球みたいにつるつるで、色白の頬がピンクに上気している。何度かここへ恐喝されに来たとき、彼が本堂の奥で雑巾やハタキを手に立ち働いていたのを見たことがあるが、きっと住職の弟子か何かなのだろう。

「挨拶しなさい」

住職に言われ、彼はニコニコしながら僕たちに頭を下げた。

「立花《たちばな》宗珍です。父がいつもお世話になっております」

父——。

「え、もしかして息子さんですか？」

「ああ、わしの一人息子だが？」

住職に息子がいたとは驚きだった。結婚していたことも初めて知った。それにしても、いったいどうやったらこの父親から、こんなに線が細くて純真そうな子供が生まれるのか。

「日暮さんに、華沙々木さんですね。どうぞよろしくお願いします」

僕たちが簡単に自己紹介すると、宗珍はそう言ってまたぺこりと頭を下げた。それから菜美のほうに顔を向け、訊ねるように微笑する。

「あ、南見菜美です」

「ミナミ？」

「菜美」

「……ミナミ？」

「菜美」

住職がいきなり猛獣のような声で笑った。

「なかなかひねりの利いた名前だな、お嬢ちゃんは。ちょうど宗珍と同じくらいの歳に見えるが？」

「中学一年です」

「それなら宗珍よりも一つ下だ。こいつはいま中学二年でね、まったく早いもんだよ」

住職は父親の顔で宗珍を見下ろした。

「では、さっそく蜜柑狩りをはじめてもらおうか。道具はいま宗珍に用意させる」

住職に目で促され、宗珍は物置らしい小屋のほうへ駆けていった。住職は僕たちを寺の裏手へと案内する。玉砂利を踏み、白い息を吐きながら前庭を歩いていくと、伽藍《がらん》の向こうにぽつぽつと黄色い果実が見えてきた。蜜柑畑に行き着くまでのあいだに住職は、この畑は寺よりも前からあり、だからそもそもここは黄豊寺と名付けられたのだと説明してくれた。

「あのこれ、ちゃんと食べられる蜜柑なんですよね」

最後の確認のつもりで、僕は訊いた。

「食えない蜜柑を育ててどうする。ここになっているのはみんな、甘くて美味《うま》い温州《うんしゅう》蜜柑だ。はじめは紀州蜜柑だったんだがな、戦後から徐々に温州蜜柑に切り替えていった。温州蜜柑のほうが人気があるからなあ、やっぱり」

「これぜんぶ植え替えたなんて、大変そう」

菜美の独り言に、住職は首を横に振る。

「植え替えじゃない、お嬢ちゃん。接《つ》ぎ木だ。根や幹はそのままで、紀州蜜柑の枝に温州蜜柑の枝を接いだんだ。学校では、そういうことは習わんのだろうなあ」

「お待たせしました」

宗珍が大きな段ボール箱を持ってきた。中には剪定鋏《せんていばさみ》と、竹を編んだ蜜柑籠《かご》がそれぞれ三つずつ入っている。蜜柑籠は寸胴《ずんどう》で、広さも深さもあったので、かなりの量の蜜柑を入れることができそうだ。こういうのは、どこで売っているのだろう。チラシを配ったりするときにも便利そうな籠だった。

華沙々木がさっそく籠と剪定鋏を手に取り、鼻息を荒くして蜜柑畑に視線をめぐらせた。

「ほんとに、いくら穫っても構わないんですね?」

「ああ、構わんとも」

住職は快活に笑いながら傍らの木を大きな手でばちんと叩く。その勢いで、たわわに実った蜜柑たちがゆらゆらと揺れた。

「ここになっているやつは、みんなお前さんたちのものだと思ってくれ。ぜんぶ穫っても、ぜんぶ食べてしまっても構わん。まあさすがにそれは無理だろうがな。さあ、いつでもはじめるがいい。わしらはちょっとやることがあるから、これで失礼するとしよう。おい宗珍」

はい、と気持ちのいい返事をし、宗珍は僕たちに一礼すると、のしのしと歩き去る住職のあとについていった。親子といえども、師弟関係はしっかりしているらしい。

「どれどれ、と」

まず華沙々木が、手近にあった実を一つ剪定鋏でぷちんと切り落とした。皮を剝き、白いすじを几帳面に一本一本取っていく。つやつやした橙色の一かけらを、そっと口へ入れた瞬間、彼は愕然と両目を見ひらいて呻いた。

「美味い……！」

「どれ」

「あたしも」

黄豊寺の蜜柑は本当に美味かった。三人で競うようにしてつまんでいくと、甘く瑞々《みずみず》しいその実はたちまちなくなった。すぐさま僕たちは剪定鋏を手に、それぞれ蜜柑を収穫しはじめた。籠に放り込んだり、たまに食べたりしながら、口々に住職の好意と太っ腹を賞賛し、あっちの木、こっちの木と、なるべく大きな実を探して蜜柑畑の中を歩きめぐった。

どのくらいの時間、そうしていただろう。三つの蜜柑籠がいっぱいになり、僕たちの腹もいっぱいになった頃、住職がふたたびやってきた。

そして、驚いた顔をした。

「ああ！」

住職は巨大な上体を引くようにして、ものも言わずに僕たちの蜜柑籠と周囲の木々とを見比べる。

「……何か？」

訊くと、彼は太い腕を胸の前で組み、この世の終わりのような顔で呟いた。

「やってしまったようだな」

「はい？」

わしは、わしは、と住職はしばらく唇を震わせていたが、やがて沈痛な面持ちで言う。

「わしはお前さんがたに料金を請求せねばならない」

空気が凍りついた。その凍りついた空気の中、住職は説明した。自分はたしかにいくら蜜柑を穫ってもいいと言った。ぜんぶ食べても、食べきれなければ持ち帰ってもらって構わないとも。しかし、それはあくまで――。

「ここになっている蜜柑のことだ」

住職は傍らの木を片手でぶっ叩いた。それは最初に住職がばちんとやって実を揺らした、あの木だった。

「わしはちゃんとそう言ったじゃないか」

なんという子供騙し。なんという卑劣な手段。仏道に身を置く者として、いや、一人の人間として、彼の行為は許されるべきものではなかった。僕は住職を真っ直ぐに見つめて心の中で叫んだ。これまで僕はさんざんあなたにひどい目に遭わされてきた。それでも僕は、あなたを――あなたを信じたのだ。二日前、オーディオセットを二万二千円で買い取ってくれたから。美味しいお茶をご馳走してくれたから。あんなに優しく微笑んでくれたから。その僕の心を、あなたは無惨に踏みにじった。今回ばかりははっきりと言わせてもらう。あなたは間違っている。人として間違っている。

という言葉を、もし住職がマウンテンゴリラのような手足と岩石のような顔を持っていなければ、実際に口にできていただろう。しかし僕の口から出てきたのは、か細い、消え入るような声だった。

「あの、料金というのは、ちなみに……」

二万二千円だ、と住職は答えた。

その瞬間、パズルのピースがぱちりとはまった。僕の目の前には、一枚の鮮明な絵が浮かび上がっていた。そこに描かれていたのは、かねてから欲しかったオーディオセットをただで手に入れることに成功し、にたにたと悪魔のような顔で笑っている住職の姿だった。

「なんて……なんて卑怯な……」

華沙々木が歯嚙みをして呟いた。

「卑怯？」

少しはひるむかと思ったら、逆によくぞ言ってくれたというような含み笑いをし、住職は謎のような言葉を返す。

「い、い、い、い、」

「卑怯はどちらかな？」

どういうことだ。

住職はにやりとして黙り込み、さんざん僕たちを待たせてから、とどめを刺すようにつぎの一言を口にした。

「ただ同然で手に入れた商品を人に高額で買い取らせたのは、いったい誰だ？」

華沙々木が猛烈な勢いで上体を回して僕を見た。

「日暮くん、そんなことまで喋ったのか！」

黙って頷くしかなかった。二日前、がちがちに身構えながらここへやってきたあのとき、住職が見せた予想外の態度にやられ、うっかり口を滑らしてしまったのは誤魔化しようもない事実だった。

住職が無言で片手を僕のほうへ差し出し、掌を上にして、くい、くい、と指を曲げる。追い込まれ、僕はどうしようもなくなって、背中を冷たい汗が流れ出すのを感じながらうつむいた。

「今日は……財布を持ってきていないもんで」

決死の嘘だった。本当は、財布は軽トラの中にちゃんとあった。ちっと住職は舌打ちをして何か言いかけたが――。

「あ、雪」

菜美が声を上げた。いつのまにか薄暗くなっていた冬空から、雪の粒が一つ、二つ、三つ……僕たちが空を見上げているあいだにも、どんどん数を増し、地面や蜜柑の木や僕たちの肩をほんのりと白くしていく。

「いかん、洗濯物を干してあったんだ。おうい、宗珍！」

住職は寺のほうを振り返って叫んだが、返事はない。もう一度呼んでも同じだった。太い鼻息を洩らし、住職は踵《きびす》を返した。そのとき僕のほうをちらりと見て、逃げられないからな、というように片眉を上げてみせるのを忘れなかった。

そして、僕たちは雪の蜜柑畑に取り残された。

「華沙々木……どうしようか」

彼は僕のほうを見ようともせず、唇を固く結んで黙り込んでいる。

菜美はといえば、珍しく静かだった。いつもの彼女ならきっとこんなとき、「ほん」と言ったきり息を止め、何秒も経ってから「――っとに日暮さんって商売下手ね」とか何とか言っているはずだ。それをやらなかったのはきっと、あのオーディオセットがただ同然で僕たちの店に売却された日のことを、思い出していたのに違いない。

舞い散る雪片は驚くほどの勢いで数を増し、景色を白く染め上げていく。僕たちは逃げるようにして近くの蜜柑の木の下に入り込んだ。

（三）

「雪、早くやむといいですね」

炬燵《こたつ》に湯呑みを二つ置くと、宗珍は青々と剃られた頭をぺこんと下げて居間を出ていった。

本堂の奥にある住職たちの居住スペースで、僕と華沙々木は炬燵に足を入れて向かい合っていた。

あれからほどなくして、僕たちは寒さと蜜柑のせいでトイレに行きたくなり、いちばんたくさん蜜柑を食べた華沙々木が最初に内股になって木の下を出た。ついで菜美、僕とつづき、三人で寺のトイレを借りた。そのときにはもう雪の勢いがものすごく強まっていて、小降りになるまで休んでいけと住職に言われたのだ。住職の世話になるのは嫌だったが、菜美を乗せた軽トラで大降りの雪の中を運転して事故でも起こしたら、たしかにまずい。僕たちは大人しく従うことにした。

菜美はいま、本堂で住職にギターを教わっている。廊下の先からときおり聞こえてくる音によると、どうやら住職がギターを弾けるというのは本当のようで、しかも相当なテクニシャンと思われた。

「ねえ日暮くん……うちの駐車場で蜜柑を育てられないかな」

「蜜柑を？」

「そう。ほら、我々の店は経営が相変わらずだろう？　自給自足的なことを、ちょっと考えてみてもいいんじゃないかと思って」

「駄目だよ、あの駐車場は月極で借りてるだけなんだから」

「こっそりやれば大丈夫さ。軽トラの後ろに植えて、密かに育てるんだ」

「蜜柑って、陽が当たらなくても平気なのか？」

「羊羹《ようかん》どうぞ」

宗珍が小皿を持って入ってきた。

「ああ、どうもありがとう。ねえ宗珍くん、きみは蜜柑の育て方には詳しい？」

「いえ、僕はそういうのはちょっと。この寺にいながら、お恥ずかしいことです」

「そうか、残念。じゃあ植物図鑑とか持ってないかな？」

「いえ、図鑑は。国語辞典ならありますけど」

それでもないよりましと思ったのか、華沙々木は持ってきてくれとお願いした。

「広辞苑と大辞林と大辞泉、どれがいいですか？」

「え、三冊も持ってるのかい？」

「ええまあ、国語が大好きなもので。うちの寺は檀家が少ないから、あんまり贅沢なことしちゃいけないって思うんですけど、父は勉強に使うものだけは何でも買ってくれるので、つい甘えちゃって」

宗珍はきまり悪そうに白い頰をほころばせた。

「へえ、あの住職がねえ。——まあいいや。じゃあ広辞苑を頼むよ」

「はい、すぐに」

宗珍は一礼して部屋を出ていきかけたが、ふと立ち止まって僕たちを振り返った。

「あの」

「ん？」

「南見さんって……お二人とはどういう？」

「ただの友達だよ。どうして？」

華沙々木が訊き返すと、宗珍はぎくりと上体を引き、あ、いえ、などと言いながら部屋を出ていった。閉め忘れた襖のあいだから、廊下を去っていく彼の耳が、しもやけのように赤くなっているのが見えた。

「……恋かな」

「……さあ」

僕たちはちらりと視線を合わせ、宗珍が置いていった羊羹をそれぞれつまんだ。

部屋の中を見回してみる。炬燵のすぐそばに、二日前に僕が持ってきたオーディオセットが置かれていた。壁際にはブラウン管式の古いテレビがあり、その上には何故かラグビーボールが載っている。いや、あれは本物ではないようだ。やけにつるつるしている。首を伸ばしてよく見てみると、下に木製の台座がついていて、ボールの上側には四角いスリットがある。どうやら貯金箱らしい。これまで僕たちから奪い取ってきた金は、もしやここに入れられているのだろうか。貯金箱の隣には木製のフォトフレームが置かれていて、カメラに向かってにこやかに微笑む若い男女が写っていた。どちらも二十代前半だろうか。女性のほうは髪の長い細身の美人。男性のほうは大柄で、ユニフォームらしいラガーシャツを着て、顔は鬼瓦のように厳《いか》めしく――。

「これ住職だ」

髪の毛が生えているものだから、はじめはわからなかったが、それは明らかに住職なのだった。筋肉の凹凸が剝き出しになったラガーシャツの胸には、白いネームタグが縫いつけられていて、そこに「立花」と書いてある。

「あ、その写真ですか?」

宗珍が広辞苑を手に戻ってきた。

「父の大学時代のものです。ラグビー部のキャプテンだったらしいですよ。それ、二人が結婚する直前の写真なんですって。大学を卒業して、すぐに入籍したんだそうで」

「え、じゃあ隣に写っている、ものすごく綺麗な人は――」

華沙々木が言葉を切ると、宗珍はにこやかに頷いた。

「ラグビー部のマネージャーで、当時は選手たちのアイドル的な存在だったそうです。それをお父さんが猛烈なアタックで手に入れたんだとか。なんだか青春ドラマみたいですよね」

はっきり言って僕は驚愕した。あの住職の奥さんが、こんなに美人だったとは。これだから世の中というものはわからない。

「いいなあきみ、綺麗なお母さんがいて。学校の参観日なんて、みんなにうらやましがられない？」

華沙々木がまじまじと写真を覗き込みながら訊くと、宗珍は笑いながら曖昧に首を振った。

「この人は、もういません。結婚してすぐ、二十年も前に病気で亡くなったんです」

「えっ、そうなの」

華沙々木は一瞬しまったという顔をしたが、すぐに唇をすぼめて宗珍の顔を見直した。

「……二十年？」

「はい。僕、養子なんです。親に捨てられて児童養護施設にいたのを、父が引き取ってくれて」

その口調があまりに普通だったものだから、華沙々木も僕もかえって言葉に迷った。部屋に短い沈黙が降り、廊下の向こうから、菜美が弾いているらしい下手くそなギターの音が聞こえてきた。

「すみません、余計なこと言っちゃって。じゃあ、僕これで。何か御用がありましたら、いつでも呼んでくださいね」

襖をそっと閉め、宗珍は出ていった。

「ははあ……北アメリカでも栽培されているのか……ああなるほど、一口に温州蜜柑といってもいろいろ品種があるらしい……」

華沙々木が広辞苑で蜜柑について調べているあいだ、僕はフォトフレームの写真を眺めていた。亡くなった住職の奥さんは、見れば見るほど魅力的だった。とりたてて特徴のある顔立ちではないのだが、黒目がちな両目に情の深さのようなものが感じられ、もしも病に斃《たお》れていなければ、いつかきっといい母親になっていただろうなと思わせるような人だった。死病に取り憑かれ、だんだんと痩せていき、最期には小さな白い壺に入ってしまった自分の母親のことを僕は思った。もし僕を身ごもる前に母の身体が病魔に侵されていたとしたら、僕はこの世に生まれてこなかったことになる。反対に、もし写真の女性が若くして命を落としたりしなかったら、宗珍にはいつまでも親がいなかったかもしれない。何がいいとか、悪いというわけではなく、ただ僕はフォトフレームの写真を見つめながら、この世界のいろいろな出来事が、なるべくたくさんの人が幸せになるほうへ向かってくれたらいいなと思った。

「菜美ちゃん、いつまでやってるつもりだろ」

「蜜柑小実蠅《こみばえ》……柑橘類その他の果実作物の大害虫で、体長6〜7・5ミリ……え？」

「ギターの練習だよ。ずいぶん熱心だなと思って」

「どうせ雪がやむまで帰れないんだから、べつにいいじゃないか。きみもぼけっと座っていないで、僕や南見くんのように何か有意義なことをやったらどうだい？　未完成……まだ完成しないこと……ははあ」

ひょっとしたら、もうとっくに雪はやんでいるのではないだろうか。暖房効率を上げるためか、居間の窓には雨戸が立てられていたので外は見えない。確かめてみようと炬燵を出たら、ちょうど菜美が部屋に入ってきた。

「あー指痛い。でもけっこう弾けるようになった。ねえ雪、少し弱まってきたよ」

「どれ」

窓を開け、湿った木の匂いがする雨戸を横へ滑らせてみる。

すると目の前に、いきなり縦長の絶景が現れた。

「わ、綺麗！」

「へえ、なかなか風情があるじゃないか」

菜美と華沙々木もそばへ来た。雨戸の隙間から見える景色は、ちょうど一幅《いっぷく》の掛け軸のようで、しかもそれは光を発する掛け軸だった。西のほうだけ晴れたらしく、夕陽に照らされて輝く雪片が景色の全体を覆っている。土も、石灯籠も、赤い花をつけていた椿の植え込みも、みんな橙色の雪にひっそりと身を包んでいた。住職の家の居間にいることも忘れ、僕たちは三人で顔を寄せ合うようにして、しばしその景色を眺めた。

最初に気づいたのは菜美だった。

「……帰れるの？」

僕と華沙々木はさっと顔を見合わせた。

「日暮くん、軽トラにチェーンは？」

「積んでない」

この寺へとつづく「なまはげロード」が雪を被ったところを、僕は想像してみた。あの長くて細くて急な坂。——無理だ。あの道に雪なんて積もったら、とてもじゃないが僕たちの軽トラでは走行できない。

「まずいな、どうする日暮くん？」

「どうするって、どうにかして帰らないと。菜美ちゃんだっているんだから」

「歩いて山を下りて、それから電車に乗るとか？」

「近くに駅なんてないよ」

「じゃあ、バスに乗って」

「バス停もない。タクシーにでも乗らないと」

「タクシー……！」

「あたし住職さんに相談してくる」

言うなり菜美は小走りに部屋を出ていった。僕もあとにつづこうとしたのだが、華沙々木に素早く腕を摑まれた。

「日暮くん、我々が行ったら、チェーンのレンタル料とか、裏道の教え賃とか、そういった話を持ちかけてくるかもしれない。とりあえず、ここで待っていよう」

僕たちが炬燵で待機していると、ほどなくして菜美は戻ってきた。

「いいって」

「よかった！」

と言ってから華沙々木は菜美の顔を見直した。

「……何が？」

「だから、泊まってもいいって」

「は？」

「お母さんにも電話して、了解とってきた。はじめは帰ってこいって言われたんだけど、途中で住職さんが電話代わって説明してくれたの。無理して帰ろうとして事故にでも遭ったら大変だって。そしたら、なんとか許してくれた。あたし、もうちょっとギター教えてもらいたかったんだよね。雪が積もってくれてよかった。布団はちゃんと人数分あるって住職さん言ってたよ。晩ご飯もみんなで食べようって」

布団代。夕食代。そして宿泊代。下手をすればサービス料。——あまりに危険だ。住職がわざわざ電話を代わってまで寺での宿泊を説得したというのも、いかにも怪しい。僕たちはすぐさま腰を浮かしかけたが、菜美がつづけたつぎの言葉で、ふと動きを止めた。

「お金ぜんぜん払えないけどいいですかって、あたし訊いてみたんだ。そしたら住職さん、大丈夫だって笑ってた」

（四）

「いくらあの住職でも、宗珍くんよりも年下の南見くんを騙したりはしないだろう」

「うん」

「どのみち帰れないんだから仕方がないさ。それにほら、住職とすごく仲良くなれば、蜜柑狩りの二万二千円を誤魔化すこともできるかもしれない」

「まあ」

陽が落ちきる前に、雪はやんだ。

僕と華沙々木は本堂の端で胡座をかき、菜美と宗珍が雪遊びをするのを眺めていた。

「住職さん、あたしのお母さんと似てるのかもね。うちも、勉強に使うものしか絶対に買ってくれないんだ。友達なんか、みんな自分のお小遣いで洋服買ったりしてるのに」

「お母さんは、ちゃんと南見さんのことを考えてくれてるんだよ」

すっかり打ち解けているらしい二人は、協力し合って雪だるまをつくっている。

「そうかな。あたしのこと可愛がってないだけだと思うけど」

「子供を可愛く思わない親なんて――」

雪玉を転がす宗珍の手が、そこで一瞬止まった。しかしすぐに笑顔を浮かべ、また転がしはじめる。

「南見さん、せっかくお母さんがいるんだから、仲良くしなきゃ駄目だよ」

「そういえば、お母さんってどこにいるの？」

「さあ、どっかにいるんじゃゃないかな」

「どっか？」

菜美はきょろきょろと周囲を見回す。

「そう、どっか」

宗珍は真っ赤になった両手で、ぴたぴたと雪玉のかたちを整えた。

「夕方のこの時間、勉強机に向かってないなんて久しぶりだなあ。明日ちゃんと、二日分やらなきゃ。よいしょっ」

胴体だけ出来上がっていた雪だるまの上に、宗珍は反り身になって雪玉を載せた。恰幅のいい、少々頭でっかちな雪だるまが完成した。足下の雪を掘り、地面から濡れた落ち葉を二枚拾い上げると、眉毛のつもりなのか、宗珍はそれを顔にぺたりと貼りつける。雪だるまはものすごく厳つい顔になった。

「宗珍くん、毎日ちゃんと勉強してるんだ。えらいね」

「将来立派な僧侶になって、お父さんに恩返ししたいから」

「何の？」

「育ててくれた、恩返し」

宗珍が言うと、菜美は新しい雪玉をつくりはじめながら笑った。

「育てるのなんて当たり前だよ、親なんだから。そんなこと言ったら、あたしだって毎日勉強して、将来立派にならなきゃいけないみたいじゃん」

菜美は宗珍が養子だということを知らないのだ。何か言わなければと僕は思ったが、すぐには言葉が見つからなかった。けっきょく、宗珍の明るい笑い声のほうが先だった。

「みんな、いろいろだね」

怪訝そうに眉を寄せ、しかしそれ以上何も訊かず、菜美は先ほど完成した大きな雪だるまの隣に小さな雪玉を並べた。その上に、宗珍がまた別の雪玉をつくって載せ、細長い落ち葉を掘り出して、ハの字の眉毛をつくった。出来上がったのは、二人並んだ雪だるまの親子だった。太陽はいよいよ山の向こうに沈みつつあり、雪だるまたちと宗珍たち、四つの影が雪の上に伸びている。僕はその様子を眺めながら、先ほど住職が菜美の母親を電話で説得したときの気持ちが、少しわかった気がした。きっとあれは、本当に事故を心配していたのだろう。菜美を乗せた軽トラが、雪の坂道で事故を起こしてしまうことを想像して不安だったのだろう。子供を持ったことのない僕には、そういった思いがすぐには理解できなかったのだ。金を巻き上げようとしているのではないかなどと疑ってしまい、申し訳ないことをした。

その住職は、いま台所で夕食をつくっている。掃除や洗濯は宗珍の当番だが、食事は住職の担当なのだそうだ。

「雪の中に蜜柑を埋めといたら、冷凍蜜柑になる？」

「どうだろう。南見さんって面白いこと考えるね」

ゆるい風が吹き、僕はコートの襟を掻き合わせた。

「なあ華沙々木。僕たちがこれまで住職に脅し取られたお金、宗珍くんの勉強道具になってくれていたんなら、悪くないかもしれないな」

返事はなかった。

「……華沙々木？」

見ると、彼は鼻水を二本垂らして泣いていた。唇の真ん中だけがくっつき、左右がひくひくと震え、その脇を涙がだらしなく流れている。それを見て、僕も急に鼻の奥がつんとしてきたので、すぐに顔をそむけた。華沙々木が泣いていた理由も、自分が泣きたくなった理由も、明確にはわからない。わからないが、なんとなく、今日ここへ来てよかったと僕は思った。

「みんな、いろいろだな」

それから僕と華沙々木は、陽がすっかり沈むまで、互いに何も言わなかった。

(五)

住職の料理の腕前は驚くべきものだった。

べつに厳選された食材を使っているわけでもなければ凝った味付けをしてあるわけでもなく、座卓に並んだメニューはごく普通の和食ばかりだったのだが、その普通さ加減がまさに絶妙で、なんというか、一口食べるごとに自分が日本人であることを確認させられて嬉しくなるような味だった。

「お前さんがた、いったい普段何を食っとるんだ」

僕と華沙々木が、大皿に盛られた肉じゃがや酢の物やきんぴらを前のめりになって食べていると、住職が太い眉を上げて呆れた顔をした。僕たちは恥ずかしくなり、いったん箸の動きを落ち着かせたが、三十秒ともたなかった。

「それにしても災難だったな。まさか帰れなくなるほど雪が積もるとは、近ごろじゃ天気予報もあてにならん」

「そういえば華沙々木、倉庫の鍵はかけてきたっけ？」

「休業の張り紙をしたときに、ちゃんとかけたよ」

開業してすぐに華沙々木がシャッターの鍵を失くしてしまって以来、長らく倉庫は施錠することができなかったのだが、春の「ブロンズ像放火未遂事件」をきっかけに、僕たちは新しい鍵をつけていた。

「ん？ でもそのあとに南見くんがギターを取りに入っていって……」

しばし考えてから、華沙々木は「あ」と声を上げた。

「かけてない！」

「まあ大丈夫か。ほら、いま警察が歳末の防犯運動をやっているじゃないか。夜になると町中にパトカーがうろうろしてるだろ。泥棒だって、わざわざそんなときに仕事はしないよ。この雪だし」

大皿の中身はどれも、もうだいぶ少なくなり、僕たちの腹もさすがにふくれてきた。

「この写真、もしかして住職さんですか？」

菜美がテレビの上のフォトフレームを見つけたので、僕はまずいと思った。写真の話をすれば、どうしたって宗珍が養子であるというところへつながってしまう。

「そう、わしだ。髪の毛もあったし、その頃はずいぶんモテたもんだぞ。桃色フォワードなんて言われてな」

「隣の綺麗な女の人は？」

「わしの妻だ。とっくに病気で死んでしまったが」

「え、死んじゃったんですか」

「ああ、結婚してすぐにな。ほれ、そこにラグビーボールの貯金箱があるだろう。最初で最後の結婚記念日に、二人で買ったんだ。いつか生まれる子供のために、いまから金を貯めておこうなんていってな」

哀しげな言いかたではなかった。大きな声で、住職は目尻にあたたかい皺を刻みながら亡くなった妻のことを話した。

「じゃあ奥さん、宗珍くんを生んですぐに死んじゃったんですね」

「あ、菜美ちゃん」

思わず声をかけたが、住職が先に言った。

「いやいや、お嬢ちゃん、そうじゃないんだ。宗珍はわしの本当の息子じゃないんだよ。だいたい血がつながっていて、こんなに顔が違うわけがないだろう」

住職は豪快に笑う。座卓の反対側で、宗珍も照れたように青白い頭をぽりぽり掻いていた。その様子を眺めながら僕は、たったいままでむやみに気をもんでいた自分が急に恥ずかしくなった。

「なんだ、そうか。だからさっき宗珍くん、お母さんが〝どっかにいる〟なんて言ったのか」

「だって、どっかには、いるだろうからさ」

何の屈託もなくそんな話をする菜美や宗珍のほうが、よっぽど人間ができているように思えた。

「お茶、お茶、と……ん」

住職が急須にお湯を注ごうとしたが、ポットは空っぽだったらしい。炬燵を出ていこうとすると、宗珍が先に立った。

「僕がやってきます」

「ああ、すまんな」

ポットを持って、どこか嬉しそうに襖を開けて出ていく息子の背中を、住職は苦笑しながら見送った。

「将来が安心なのか心配なのか。まったくわからんわ」

なんだか僕たちは、ずっと以前から互いのことを知っている親戚同士のようだった。この分だと、住職は例の二万二千円のことも忘れてくれるかもしれない。

「食後に蜜柑でもどうだ。べつに今日の蜜柑代に上乗せしたりせんから食え」

やはり世の中そうそう上手くいかないようだった。

部屋の隅に置いてあった蜜柑籠の一つを、住職は引き寄せた。中には僕たちが昼間収穫したばかりの蜜柑が入っている。竹を編んでつくった蜜柑籠は、部屋の中で見てみると、ずいぶん年季が入っていた。もう長いこと使っているのかと訊いてみたら、住職は得意げに頷く。

「見た目はあまりぱっとせんが、使い勝手がいいからな。なんだ、欲しければやるぞ？　蜜柑籠といっても、使い道はいろいろある」

住職の目が利益の匂いを嗅ぎつけたようにきらりと光ったので、僕は慌てて首を横に振った。

ほどなくして宗珍が戻ってきて、みんなのお茶を淹れ直してくれた。それからみんなで、住職のギターを伴奏にクリスマスソングをいくつか歌った。

（六）

明け方になって住職は豹変した。

布団でぐっすり眠っていた僕に、彼は突如襲いかかってくると、ににににに二万二千円よこせなどと口走りながら、ものすごい力で首を絞め上げてきた。僕はその手からなんとか逃れようと暴れたが、動けば動くほど住職の太い指は咽喉にぐいぐい食い込んでくる。意識が遠のき、全身の感覚が薄れ、リサイクルショップ・カササギを開業してからこれまでの出来事が走馬灯のように頭の中を駆けめぐりはじめたところで目が醒めた。首の上に華沙々木の足が乗っていた。

「殺す気か……」

僕がその足を思いっきり跳ね退けたので、華沙々木はかなりの角度で開脚することになったが、起きなかった。

雨戸の隙間がほんの少しだけ明るんでいる。僕たちが寝かせてもらった部屋は、ゆうべ食事をした居間の隣だった。端っこ同士を少しずつ重ね合わせ、三組の布団が並べて敷かれている。華沙々木と菜美の寝息が交互に響き、聞こえるものといえばそれだけだ。周囲に建物も幹線道路もない寺は、まったくの静寂に包まれている。あるいはこの静けさは、一面に積もった雪が物音を吸い込んでくれているのだろうか。

――いや。

声がした。どうやら住職らしい。慌ただしい足音。宗珍の声も聞こえる。緊張した様子で言葉を交わしている。起き上がり、様子を見に行こうと襖を開けかけたが、その必要はなかった。

「無事か？」

なぎ払うようにして襖を開けたのは住職だった。

「何事もないか？　荷物はどうだ」

何を言っているのかわからなかったが、話を聞いてみると、寺に泥棒が入り込んだのだという。僕は慌てて自分の財布を探した。が、ない。どこにもない。華沙々木と菜美も目を醒まし、住職に言われて財布を探したが、やはり見つからなかった。

「あ、違うよ。軽トラに置いてきたじゃん」

菜美が思い出した。そうだ、もともと蜜柑を収穫して帰るだけのつもりだったので、財布は駐車場の車の中に置いてきたのだ。

「そうか、それならよかった」

住職は太い鼻息を洩らした。

「いや、いま本堂から周りを見回してみたんだが、駐車場の雪の上には足跡はなかった。賊はそちらには行っておらんようだ。車に置いてある財布はおそらく無事だろう。——車に財布？」

僕が財布を持ってきていないと言ったことを、住職は思い出したようだが、幸か不幸か、いまはそれどころではなかった。

「住職、泥棒とおっしゃいましたが、何が盗まれたんです？」

華沙々木が訊くと、住職は眉根を寄せて首を横に振った。

「いや、盗まれてはおらんのだ」

「ではいったい」

壊されたのだと住職は言った。

「わしの、大事なものがな」

住職について部屋を出た。廊下を過ぎ、冷たい床板を踏んで本堂を抜けていくと、前庭に宗珍の姿があった。彼は私たちの足音に振り向き、小さく頭を下げ、また沈痛な面持ちで地面に目を戻す。

「あ、それ……」

本堂の縁から首を伸ばし、菜美が声を詰まらせた。僕たちも彼女の後ろから宗珍の足下を覗き込んで絶句した。茶色い陶器の破片が、沓《くつ》脱ぎ石の向こう側、雪の上に散らばっている。四角い木製の台座が、そのそばに転がっていた。

「なにも……なあ」

住職の声に、怒りは混じっていなかった。ただ、とても寂しげで、疲れたような声だった。雪の上でばらばらになっていたのは、最初で最後の結婚記念日に、住職が死んだ妻と二人で買ったというあの貯金箱だった。

「ここで割って、中身だけ取り出して持っていったようですね」

華沙々木の言葉に、住職はゆっくりとかぶりを振った。

「金は、入っていなかったんだ。まあ賊は、入っていると思ったんだろうがな」

「空っぽだったんですか？」

しかし今度も住職は首を横に振る。そして作務衣の懐《ふところ》から、小さく折りたたまれた白い紙を取り出した。

「妻にもらった手紙を、仕舞っておった。雪の上に無造作に放り出してあったのを、さっき見つけたよ。古いラブレターなんぞ持ち去っても無意味だから、きっと捨てていったのだろう」

「ほかに被害は？」

「ああ、ないようだ。賽銭箱の鍵も壊されておったが、あれはもともと中身を取り出して空っぽにしてあったから問題ない。もっとも賊は、賽銭箱が空だったからこそ室内にまで入り込んだのだろうがな」

なるほど、たしかにそうかもしれない。

「泥棒は、いったいどこから家の中に？」

「居間の窓硝子にガムテープが貼られて、鍵の横だけ小さく割られておった」

住職の説明によると、はじめに気がついたのは宗珍だったらしい。彼は昨日サボってしまった分の勉強をしようと、まだ夜が明ける前に起き出した。お茶を淹れるため台所へ入ったところ、居間のほうから隙間風が入り込んでいる。不審に思って明かりをつけてみると、雨戸が開けられて窓硝子が割られ、棚や茶簞笥などが物色された形跡がある。しかしそれらの場所に現金や金目のものは仕舞っておらず、見たところ金銭的な被害はなさそうだった。住職を起こすため、彼は部屋を出ようとしたのだが、そのときあの貯金箱が消えていることに気がついた。宗珍は住職を起こし、二人で各部屋を点検して回った。すると本堂の外で、粉々になった貯金箱を見つけたのだそうだ。

「警察を――」

という僕の言葉とほぼ同時に、住職が片手を上げた。

「そんなもん、呼ばんでいい。被害がなかったんだから」

「いや、でも被害がなかったって」

「なかったんだ」

心持ち強い口調で、住職は繰り返した。それからふっと眉尻を下げて弱々しく微笑《わら》う。

「どのみち、いつまでも大事に飾っていたところで無意味だったんだよ。あんなものは」

「お父さん……」

唇を噛んだ宗珍の目に、いまにも溢れてしまいそうな涙が浮かんだ。

吹きっさらしの本堂に立ったまま、僕たちは長いこと誰も口をひらかなかった。やがて住職が、ゆっくりとした動きで裸足《はだし》のまま沓脱ぎ石の上に下り、巨体を丸めて静かに貯金箱の欠片《かけら》を拾いはじめた。

「悪党め」

華沙々木が厳しい顔で前庭を睨みつけた。昨日の雪遊びで地面はさんざん踏み荒らされていて、雪の上に犯人の足跡が残されているのかどうか判然としない。もっとも、残されていたとしても、ここは木々の多い場所だ。枝葉の下に雪はなく、やわらかい落ち葉が地面を覆っている。そこへ踏み込んでしまえば、もう足跡など気にする必要はない。木々は敷地の縁《へり》に沿って裏の蜜柑畑のほうまでつづいている。そこからなら山へ入り込むことだってできる。犯人の足取りを追うのは、素人には不可能と思われた。

破片を拾い終えた住職が僕たちに向き直って言う。

「さあ、もういいじゃないか。今回の件は、これでおしまいだ。ここは寒いだろう、お前さんがたは居間で炬燵にでも入っているといい。窓硝子は割れとるが、雨戸を閉めれば風は入らんだろうからな。あとで朝食を用意する」

そう言われても、すぐには動けなかった。しかし住職が分厚い掌で僕たちの背中を押したので、仕方なく従うことにした。廊下を歩きながら華沙々木は難しい顔をして、口の中で何かしきりにぶつぶつ呟いていた。

「あとほんの一歩なんだ……」

そんな言葉が聞き取れた。

一歩もなにも、今回ばかりは本当にただ泥棒が入っただけだろう。頼むから余計なことを思いつかないでくれと、僕は華沙々木の横顔を見ながら念じた。

が、思いついてしまった。

（七）

「チェックメイトだ」

華沙々木がそう宣言したのは、まだ朝食も用意される前のことだった。

「華沙々木さん、何かわかったの？」

「すべてさ！」

両目に興奮をみなぎらせ、胸の前で左右の手をわなわなと震わせながら、熱に浮かされたような声で彼は言った。

「今回の出来事は単純な泥棒騒ぎなどではなかったんだ。いや、それどころか、この居間の硝子を割り、貯金箱を持ち出して粉々に割ったのは泥棒でさえなかった」

意味がわからず、僕は炬燵越しに華沙々木の顔を見直した。

「哀しい……あまりに哀しい。僕はこの哀しい真実を白日《はくじつ》の下《もと》にさらさなければならないのか。いや、その必要はないのかもしれない。むしろ黙っているべきなのかもしれない。しかし……しかし本人にはどうしても伝える必要がある。伝えて、諭す必要が」

「華沙々木、あの——」

「日暮くん」

彼はさっと鋭い目を上げた。

「宗珍くんをここへ呼んできてくれないか。彼と話さなければならない」

僕は少々焦っていた。まったくもって華沙々木の考えていることに見当がつかなかったからだ。

「華沙々木、いったいどういうことなんだ？　ヒントだけでも教えてくれよ」

「ヒントか、まあいいだろう」

炬燵の向こう側で、華沙々木は自らの頭脳を落ち着かせるように目をつぶり、尖らせた唇からゆっくりと息を吐いた。

「ヒントは三つ――まずは『蜜柑籠』。そして『国語力』、『住職の声』だ」

ますますわからなくなった。蜜柑籠？　国語力と住職の声がどうした？

ちらりと菜美を見た。彼女は華沙々木の言葉を懸命に理解しようとしているように、真っ直ぐ彼の目を見つめている。どうすればいいのだろう。どうしよう。彼女を落胆させるわけにはいかないのに。

「宗珍くんは、いま忙しいんじゃないかな。呼びつけちゃ申し訳ないよ」

なんとか時間を稼ごうと、僕は言ってみた。するとあろうことか、華沙々木は素早く立ち上がり、止める間もなく部屋の襖に手をかけてしまった。

「ならば僕が直接行く。一秒でも早く、彼の誤解を解いてあげなければならないんだ」

彼の誤解？

「え——おい！」

部屋を出ていく華沙々木を、僕は慌てて追いかけようとしたが、炬燵のコードに足を取られて転倒した。

(八)

「あの、いったい……」

すまない、とまず華沙々木は宗珍に向かって首《こうべ》を垂れた。

「これが僕の本意でないことだけは、どうかわかってほしい。でも僕は、どうしてもやらなければならないんだ。罪を見過ごして安穏と生きていくことが、僕にはどうしてもできない」

僕と菜美は固唾《かたず》を呑んで二人を見守っていた。ぴったりと閉めきった襖の向こうで、住職が朝食の支度をしている物音が聞こえる。僕たち四人は部屋の真ん中にある炬燵を囲んで立っていた。

「罪、といいますと？」

「きみが」

華沙々木の目は、いまにも泣き出しそうに歪んでいた。

「きみがあの貯金箱を割ってしまった罪だ」

す、と宗珍が息を吸い込んで両目を見ひらいた。

「華沙々木さん、僕――」

「わかっている」

華沙々木の右手が、相手の言葉を断つように素早く空《くう》を切った。

「きみは、金欲しさや、単なる悪戯心であんなことをしたんじゃない。きみの気持ちを、僕はある程度理解できているつもりだ。今回の出来事の真相に思い至ったとき、僕は想像してみたんだよ。もし自分が宗珍くんの立場だったら、どうしていただろうって。そして思ったんだ」

涙が込み上げたのか、華沙々木は両目を強くつぶり、それを苦しげにひらいてからつづけた。

「僕もきみと同じことをしていたんじゃないかって」

華沙々木が宗珍をこの部屋に連れてきてしまってからは、僕はもう彼を止めることは考えていなかった。菜美がいるからだ。彼女の前で華沙々木を否定することなど、とてもじゃないが僕にはできない。――そのかわり、すべての説明が終了したあと、上手く宗珍を華沙々木から引き離すつもりでいた。そして彼にだけ、さっきのは華沙々木の冗談だったんだよと言うつもりだった。華沙々木特有のオーバーアクションは、見ようによってはいかにも演技っぽいし、だいたいいつも彼は、そんなことがあるはずないだろうというような推理を展開するので、冗談だったという僕の嘘は通じるのではないだろうか。

「宗珍くん。まずきみに伝えておきたい」

一人黙考していた華沙々木が、ふたたび口をひらいた。

「きみは住職の言葉を誤解している」

「お父さんの言葉を……？」

「そう、つまり」

華沙々木はいったん唇を結び、相手を毅然と見据えて言った。

「蜜柑籠というのが何をさしていたのかという点において」

ここまで来ても、まだ僕には華沙々木の考えが読めなかった。

「日暮くん」

「え」

「ゆうべの会話を憶えているかい？　この部屋で夕食どきに交わされた、蜜柑籠に関する会話を」

僕は思い出してみた。蜜柑籠の話題が出たのはたしか、卓上の料理があらかたなくなり、宗珍がポットにお湯を入れに出ていったときのことだ。部屋にあった蜜柑籠がずいぶん古そうだったので、もう長いこと使っているのかと僕が訊くと、住職は得意げに頷いた。

——見た目はあまりぱっとせんが、使い勝手がいいからな。なんだ、欲しければやるぞ？蜜柑籠といっても、使い道はいろいろある。

「思い出したようだね」

華沙々木は唇の端を持ち上げた。

「宗珍くんは、あのときの会話を襖越しに聞いてしまったんだ。しかも、ぼそぼそしているきみの声は聞こえず、住職の声だけが聞こえてしまったんだよ」

「でも、それが——」

「宗珍くんは住職が口にした〝蜜柑籠〟というのが自分のことだと思ってしまったのさ」

ますますわからない。菜美も、僕の隣でぽかんと口をあけていた。ただ宗珍だけは、どうしたことか口もとを引き締めてじっと宙を見つめている。

「日暮くん、そこにある広辞苑を見てみるといい」

華沙々木は炬燵の脇に置いてあった広辞苑を指さした。彼が宗珍から借りて、そのままにしておいたやつだ。

「『蜜柑籠』という項目を引いてみれば、僕が言っていることの意味がわかるだろう」

「『蜜柑籠』を？」

僕は広辞苑を捲《めく》り、菜美も隣に顔を寄せて覗き込んできた。

「味感……蜜柑……蜜柑科……あった、『蜜柑籠』」

え、と思った。


【蜜柑籠】（よく蜜柑の籠に入れて捨てたことから）捨て子のこと。


「そういうことさ」

華沙々木は哀しげに天井を仰ぐ。

「国語力に秀でた宗珍くんは、〝蜜柑籠〟という言葉の意味を知っていたんだ。日暮くん、住職の言葉の〝蜜柑籠〟の部分を、そこに載っている単語に置き換えてみるといい。襖越しにそれを耳にした宗珍くんが、どれほどの哀しみに打たれたか、きみにもわかるだろう」

なんてことだ。蜜柑籠という言葉にこんな意味があるとはまったく知らなかった。これでは推理が読めないはずだ。

「僕も、昨日たまたまその辞書で蜜柑について調べていなければ、今回の真相にはたどりつけなかっただろう」

華沙々木は宗珍に向き直った。

「襖越しに住職の声を耳にしたきみの哀しみは、やがて冷たい嫉妬へと変わった。そしてその嫉妬の矛先が向けられたのは、あの貯金箱だった。いつか生まれてくる子供のためにお金を貯めようといって、住職が奥さんとの最初の結婚記念日に買った、あの貯金箱だったんだ」

華沙々木はテレビの上に目を向けた。薄く積もった埃に、四角い台座のかたちが残っている。

「きみの気持ちは、苦しいほどよくわかる。きみにとってあの貯金箱は、おそらく住職の実の息子のようなものだったのだろう。そして普段から、ある種の憎しみを抱いていたに違いない。そんなとき、きみは住職の言葉を耳にしてしまった。自分は蜜柑籠などと呼ばれ、見た目がぱっとしないとか、使い勝手がどうのとか、ひどい言われようをしている。それなのに、あの貯金箱は、あんなに目立つところに大事そうに飾られている。きみの胸の中で、嫉妬が大きくふくれあがってしまったのだろう。もう自分では抱えきれないほどにまで。そしてきみは、みんなが寝静まったときに起き出して……」

もうこれ以上は言えないというように、華沙々木は片手で自分の額を摑み、もう片方の手で乱暴に宙を払った。

「犯行後、きみはなんとか自分のやったことを隠そうとした。賽銭箱の鍵を壊したり、この部屋の硝子を割って、泥棒の犯行に見せかけた」

語りつづける華沙々木を、宗珍は相変わらずじっと見つめている。

「誤解だったんだよ」

華沙々木は吐息混じりの声で言った。

「宗珍くん、きみの勘違いだったんだ。住職が口にした〝蜜柑籠〟は、本当に〝蜜柑籠〟だったんだよ。それは、その場にいた僕たち三人が保証する。嘘なんてつかない。——宗珍くん、住職はきみのことを本当の息子だと思っているさ。見た目がぱっとしないとか、使い勝手がいいとか悪いとか、そんな言い方をするはずがないじゃないか。だって、もう長いこといっしょに暮らしている家族なんだから。親子なんだから」

それで、華沙々木の話は終わった。

僕はすっかり参っていた。まさか彼の持ち出してくる「真相」が、こんなに重たいものだとは思ってもみなかったのだ。さっきのは華沙々木の冗談だったんだよなどと、はたしてあとで言えるだろうか。さすがの宗珍でも怒るのではないか。

「あの、宗珍くん——」

まごまごしている暇はないので、僕は宗珍をすぐさま部屋から連れ出そうと声をかけた。しかし、一瞬早く宗珍が動いた。彼は華沙々木の前で両手両足を揃え、気をつけの姿勢をとると、静かに頭を下げてこう言ったのだ。

「そのとおりです」

「え」

僕は思わず口をあけた。

「僕がやりました。お父さんの言葉を勘違いして、僕があの貯金箱を壊したんです。すべて、華沙々木さんの言ったとおりです」

どういうことだ。いったいこれはどういうことだ。頭の中で疑問符が猛烈に渦を巻いていた。しかし、答えが一つしかないことは僕にもわかっていた。

華沙々木の推理が、当たったのだ。

「華沙々木さん、このことは、お父さんには――」

「もちろん言わないさ」

華沙々木の口許には優しい笑みが浮かんでいた。

「今回の出来事は、泥棒の仕業だということにしておこう」

ほっとしたように、宗珍は小さく息を吐いた。

おかしい。絶対におかしい。

まず華沙々木の推理が当たることがおかしい。いや、推理を述べたのがたとえ華沙々木じゃなかったとしても、あんなに無茶苦茶なことが起きるはずがない。「蜜柑籠」が「捨て子」という意味を持っていたというのはたしかに初耳だったが、それを襖越しに宗珍が聞き違えて、あの貯金箱を壊したなんて。

あれから宗珍は黙って部屋を出ていき、ほどなくして住職が居間に鍋や皿を運んできた。心づくしの朝食を食べ終え、いま僕たちは、三人で炬燵を囲んでいる。住職と宗珍は本堂でお勤めをしているようだ。

「今日は昨日とうってかわって暖かいから、雪が溶けるのも早いだろうね。午後一番にはどうにか帰れるんじゃないかな。ああ、食後の蜜柑のせいでトイレに行きたくなってきたよ。ちょっと失礼」

言いながら華沙々木が炬燵を出た。

「日暮くん、さっきはちゃんと流しただろうね」

「流したよ」

先ほど僕はトイレに行くと言って部屋を出たのだが、それは嘘だった。本堂で雑巾掛けをしていた宗珍に、こっそり訊きに行ったのだ。さっきの話は本当なのかと。宗珍は僕と目を合わせようとせず、

――とにかく、僕がやったんです。

そう答えただけだった。

おかしい。やっぱりおかしい。

「おかしいよね、日暮さん」

耳元で言われ、ぎくっとした。

「あたし、ちょっと納得いかないんだ」

ぼんやりとテレビ画面を見つめながら、菜美は呟く。彼女の口から華沙々木の推理を疑う言葉が出てくるとは驚きだった。

「でも、華沙々木があぁ言うんだし、だいいち宗珍くんだって認めてるんだから」

僕の声が届いていないかのように、菜美は何も答えない。そうかと思うと、

「日暮さんは、どう思う？」

急に訊かれた。

「僕？　いや僕はどうも思わないよ。華沙々木があぁ言ってるんだから――」

「華沙々木さんじゃなくて、日暮さんはどう思うかって訊いてるの」

はっきり言って僕は慌てた。菜美にそんな質問をされるなんてまったく予想していなかったからだ。僕が黙っていると、彼女はふと炬燵の天板に目を落とし、ほとんど聞こえないくらいの声で言った。

「日暮さんがしっかりしないと、駄目じゃない」

思わず横顔を見直した。彼女はたったいま自分が口にした言葉に驚いたように、はっと首を起こし、小さく笑った。

「ごめん、何でもない」

（九）

華沙々木の予想どおり、雪はすぐに溶けはじめた。

僕たちが住職に辞去の挨拶をしたのは昼前のことだった。

「また、いつでも食事をしに来るといい。どうやら普段、ろくなものを食べておらんようだからな」

貯金箱の破片が落ちていたその場所に立ち、住職は僕たちを見送ってくれた。お勤めのあとなので、袈裟を着ている。前庭に並んだ親子の雪だるまは、もうずいぶん痩せてひしゃげていた。父親の太い眉毛は垂れ下がり、子供のハの字眉毛は、もっと垂れ下がっている。

「ほれ宗珍、ちゃんと挨拶せんか」

住職に背中を叩かれ、隣で伏し目がちに黙り込んでいた宗珍が慌てて僕たちに頭を下げた。

「どうも、さようなら」

その目がふとギターを背負った菜美のほうに向けられ、すぐにまたそらされた。

「おお、そうだ。もし荷物にならなければ蜜柑を持っていけ。そこにある」

本堂のとっつきに、昨日の蜜柑籠が並べて置いてあった。

「わしと宗珍だけでは、どうせあんなにたくさん食いきれんからな。好きなだけ持っていくといい」

と、ここで住職は華沙々木の顔色に気づき、短い鼻息を挟んでから言葉を継いだ。

「金など取らんよ。ついでに言えば、昨日の二万二千円というのも、あれはほんの冗談だ」

何かをふっきったような明るい笑い声が、晴れた冬空に響き渡った。本当に最初から冗談だったのか、それとも何かの理由で気持ちが変わったのか、僕にはわからなかった。

「あ、蜜柑で思い出した」

菜美がぽんと手を叩き、ギターを担いだまま親子の雪だるまのほうへ歩いていく。何をするかと思えば、二つの雪だるまのあいだに屈み込み、溶け残った雪を両手で掘りはじめた。

「あれ、やっぱり駄目だ」

残念そうに言いながら彼女が雪の中から取り出したのは、一個の蜜柑だった。

「やっぱり冷凍蜜柑になってない。ただ冷たくなってるだけだ」

「……冷凍蜜柑？」

宗珍が口をあけて菜美の顔を見た。そのまま数秒、彼は何かを考えるようにぱちぱちとしきりに瞬きをしていたが、やがて「え！」と大きな声を上げた。

「南見さん、それ、いつ埋めたの？」

「昨日の夜中。みんなが寝てから思い出して、埋めといたの。冷凍蜜柑ができるかと思って」

「えええええ！」

彼の驚きようは尋常ではなかった。そしてその驚愕の表情は、だんだんと呆れ顔へと変わっていき、やがて何か大きな失敗を後悔するように、宗珍は歯を食いしばって頭の脇を掻いた。

「冷凍蜜柑……なんだ冷凍蜜柑……」

歯のあいだからぶつぶつとそんな言葉を聞かせていたかと思うと、宗珍はおもむろに顔を上げて華沙々木を見た。

「あの僕――」

「待った！」

僕は慌てて止めた。

「宗珍くん、ちょっと、ちょっとこっち来て」

「なんだ日暮くん、どうした？」

「話があるんだ。いや、べつにたいした話じゃないんだけどね。華沙々木、悪いけど菜美ちゃんといっしょに、持って帰る蜜柑でも選んどいてくれないか」

「それは構わないけど――」

僕は宗珍を無理やり植え込みのほうまで連れていき、単刀直入に訊いた。

「宗珍くん。もしかしてきみ、菜美ちゃんがあの貯金箱を壊したと思ってた？」

宗珍は返事をせず、ただ顔をうつむけた。

「僕の考えが間違っているのなら、そう言ってくれる？　きみは夜中に菜美ちゃんがこっそり庭へ出ていくのを見たんだね。それで、明け方になって貯金箱が盗み出されて割られていたのを見つけたものだから、それが菜美ちゃんの仕業だと思った。そうじゃないのかい？」

しばらく迷ってから、彼はこくりと頷いた。

「昨日、南見さん……お母さんからお小遣いをもらえないって文句言ってたし、洋服を買うお金が欲しいって言ってたから」

なるほど、なるほど。そういうことだったのか。

やはり華沙々木の推理が当たるはずなどなかったのだ。貯金箱を盗んで割ったのは泥棒で、先ほどのあれは単に宗珍が話を合わせただけだったのだ。菜美が住職の貯金箱を盗み出して割ったものと思い込んでいた宗珍は、彼女をかばうために罪を被った。いや、華沙々木に無理やり被せられた罪を、敢えて振り払おうとしなかった。

「だって、まさか冷凍蜜柑だなんて……」

どうしましょうというように、宗珍は頼りない目を上げて僕を見た。たぶんそのとき僕も、似たような目をしていた。貯金箱を盗んだのが菜美でないとわかった以上、宗珍も彼女に本当のことを知ってもらいたいだろう。自分は父親の大切なものを壊したりする人間じゃないと、わかってもらいたいに違いない。けれども、それを明らかにしてしまえば、華沙々木の推理が外れたことになってしまう。いや、もちろんいつも外れてはいるのだが。

「やっぱり菜美ちゃんには、ほんとのことを教えたほうがいいよね？」

答えはわかりきっていたが、いちおう訊いてみた。しかし宗珍は、ゆるく唇を噛んで視線を下げ、思いもよらない言葉を返してきた。

「いえ……いいです」

「え」

「いいです、僕、このままで」

「だって、菜美ちゃんはきみのこと誤解したままになっちゃうんだよ？」

彼の真意が、僕にはわからなかった。

「おうい、日暮くん、ヘタに葉っぱがついているけど小ぶりのやつと、葉っぱはついていないけど大きなやつ、どっちがいい？」

本堂の前から華沙々木が訊いてきた。

「いいよそんなの、どっちでも」

「ええ？」

「どっちでもいいって」

「聞こえないよ。まったくきみの声ときたら——ああ！」

こちらへ歩いてこようとして、華沙々木はうっかり蜜柑籠を横倒しにした。中から飛び出した大量の蜜柑が地面にごろごろと転がった。

「くそっ、縁の下にまで――おい日暮くん、きみも拾ってくれよ。きみのせいでぶちまけたんだから」

仕方なく僕は本堂のほうへ戻った。そうしながら、頭の中ではまだ、この事態をいったいどうしようかと必死に考えていた。雪と泥が混じり合った地面では、せっかくつやつやしていた蜜柑たちが、すっかりどろどろになってしまっている。

「日暮くん、縁の下に転がったやつを取ってくれるかい」

「自分で取ればいいじゃないか」

「きみのほうが小柄なんだから」

僕は身を屈め、本堂の縁の下を覗き込んだ。

そのとき、微かな物音を聞いた。

聞いた気がした。

暗がりに目を凝らしてみる。黒い土の上に蜜柑が三つ、いや四つ、離ればなれに転がっている。柱と柱のあいだに蜘蛛《くも》の巣がたくさん張られ、そのうちのいくつかは壊されて、灰色の布のようにだらりと垂れ下がっている。――どうして蜘蛛の巣が壊されているのだろう。

そんな疑問を抱いた瞬間、僕はふたたび物音を耳にした。こんどははっきりと聞こえた。それどころか、闇の向こうに動くものを見た。何だあれは。まるで人間のかたちをしている。

いや、どう見ても人間だ。

「泥棒!」

反射的に叫んでいた。

「いた! いたいた、ここにいた!」

その人影こそが、賽銭箱の鍵をこじ開け、居間の窓硝子を割って室内に侵入し、貯金箱を盗み出した犯人に違いないことを、僕は確信していた。まだこんなところに隠れていたのだ。おそらくは深夜にこの寺へ盗みを働きにやってきて、貯金箱を割ったところで宗珍が起き出してきてしまい、その宗珍がすぐに住職を起こして二人で建物の内外を廻りはじめたものだから、余儀なく縁の下に隠れたのだろう。そしてたぶん、そのまま逃げられなくなってしまったのだ。住職や宗珍や僕たちが、いつ外に出てくるかわからないから。

黒い人影は猛烈な勢いで縁の下の暗がりを遠ざかっていく。気づけば僕は相手を追いかけるべく、狭くてかび臭くて不衛生なその空間に突入していた。悪党め。住職の大切な貯金箱を割った悪党め。相手は僕の十メートルほど前を這い進んでいたが、急に方向転換し、建物の横側から外に飛び出そうとした。

「左! 左から逃げようとしてる!」

咄嗟に声を上げると、外にいる四人の足が、ばたばたとそちらへ向かった。泥棒は身体を反転させて、こんどは建物の反対側へ向かっていく。僕は「右!」と叫んだ。四人の足もそちらへ急ぐ。泥棒は舌打ちをして悪態をつき、また素早く方向転換をすると、さっき僕が入ってきたあたりに向かって一直線に進んでいった。

「正面、正面！」

四人の足が、もつれ合うようにしながらそちらへ戻っていく。しかし彼らが建物の正面に行き着くよりも、泥棒が縁の下から這い出すほうが僅かに早かった。

「あっ逃げた！」

「逃がすか！」

華沙々木と住職の声が聞こえた。夢中で地面を這い戻り、ようやく僕が縁の下から飛び出したとき、走り去る泥棒の後ろ姿は二十メートルほど先にあった。華沙々木たち四人が、すぐ後ろを追いかけている。このぶんなら捕まえることができそうだ。が、そのとき、まるで巨大な地震に襲われたかのように華沙々木たちの身体がばらばらと重心を崩して地面に転がった。何事かと思えば、地面の蜜柑だ。さっき華沙々木がぶちまけたやつに足をとられたらしい。泥棒がちらりと振り返り、嬉しげに笑った。もっともその泥棒はマスクにサングラスという、いかにも泥棒といった感じの泥棒だったので、本当に笑ったかどうかはわからない。

地面でもつれ合う四人の身体を飛び越して僕は走った。しかし溶け残った雪と泥に足をとられ、泥棒との距離はぐんぐんひらいていく。相手はもう総門を抜けて「なまはげロード」を走りはじめていた。軽トラに乗り込み、車で追いかければなんとかなるだろうか。しかし駐車場まで行っているあいだに、相手はおそらくずいぶん遠くまで逃げてしまうだろう。

ぱんぱんぱんぱんぱん——背後でつづけざまに音がした。

どどどどどどどどど——という音が急速に近づいてきた。

「どけぃ！」

僕が振り返るのと同時に、毛むくじゃらの両足を着物の裾から剝き出しにした住職が、おそろしい勢いですぐ脇を駆け抜けていった。右の脇に、何か白いものを抱えている。あれは雪だるまの頭——大きさからして子供のほうの頭か。丸かったはずなのに、それが楕円に近くなっているのを見て僕は、先ほどのぱんぱんぱんという音の正体は、住職が雪だるまの頭を叩いて固めていた音だったのだと知った。

そのとき僕の目の前にいたのは住職ではなかった。かつてグラウンドで活躍していた桃色フォワードだった。もし亡くなった彼の妻が、天国からその光景を覗いていたなら、さぞかし懐かしいと思ったことだろう。

「せい！」

野太いかけ声とともに住職は右腕を振るった。バネのようにしなった全身のすべての力が、その右腕に集約され、雪だるまの頭部が前方へ飛んでいった。矢のように、という喩《たと》えがあるが、そのとき雪だるまの頭部が飛んでいったスピードはそんな表現をはるかに超えていた。まるで小型のエンジンでも内蔵されているかのように、ラグビーボール状の白い物体は真っ直ぐ、放物線さえ描かず、冬の空気を切り裂いて泥棒を追撃した。

ばん、という音とともに、泥棒の後頭部で雪玉が炸裂《さくれつ》した。両足が一瞬ふわりと地面から離れ、そのまま彼の身体は空中で前のめりになり、ほぼ路面と平行の角度でどさりと落下した。その落下の様子はとても痛そうだったが、住職の雪玉が後頭部で炸裂した瞬間に泥棒は気を失ったようだったので、きっと実際には痛くなかっただろう。

（十）

「あ、泥棒起きたよ」

本堂に運び込まれた泥棒氏が目を醒ましたのは、それから十分ほど経ってからのことだ。マスクとサングラスの下から出てきたのは、五十代後半か六十代前半と思われる、ごく普通の男性の顔だった。

住職が話を訊いてみたところ、やはり考えていたとおり、彼は深夜に賽銭を盗もうと寺の敷地に入り込んだらしい。ところが賽銭箱が空だったものだから、窓を割って居間に侵入し、棚や茶簞笥を物色したが、現金も金目のものも見つからなかったので、仕方なく手近にあった貯金箱を掴んで逃げた。かさばるので、前庭に出て沓脱ぎ石の角で割り、中身だけ持ち去ろうとしたところ、中から出てきたのは金ではなく折りたたまれた便箋《びんせん》だった。一万円札や千円札が出てくるとばかり思っていた泥棒氏が、呆然と立ち尽くしたそのとき、寺の中で宗珍と住職が騒ぎ出した。二人の足音が近づいてきたので、慌てて彼は縁の下に潜り込んだのだという。そして、それきり逃げ出せなくなったのだそうだ。

「しかし、お前さん、何でまたこんな山奥の寺を狙ったんだ」

「町に……パトカーがうろうろしてたもんで」

そういえば、いまはちょうど歳末の防犯運動が行われていたのだ。

住職が素性を質《ただ》すと、泥棒氏はむっつりと黙ったまま、名前だけ答えた。

「鳩山《はとやま》……直人《なおと》です」

あれ、と思った。

マスクにサングラス。名前は鳩山直人。どこかで聞いたことがある気がする。しばらく考えて、僕はようやく思い出した。

「あの、もちろんいまのは偽名なんでしょうけど、もしかして以前、麻生純一郎って偽名を使ったことがあったりします？」

非常にわかりやすいリアクションで、泥棒氏はぎくりとした。

「今年の春、大きな家から鳥のかたちをした像を盗んだりしました？」

また、泥棒氏は同じリアクションを見せた。

世の中に偶然というのはあるもので、なんとその泥棒氏は、あの泥棒氏だったらしい。その節はどうもお世話になりましたと、僕は心の中でこっそり呟いた。そもそも彼が鵲の像を、現金のかわりに加賀田家から盗んでくれたからこそ、あの人は救われたのだ。それにしてもこの人、泥棒の才能がないのではないだろうか。

「日暮くん、鳥の像って」

「いや、まあそのへんは警察に任せようよ」

僕は誤魔化した。

「鳥の像……どこかで聞いた憶えがあるんだがなあ」

華沙々木はとんちんかんなことを言い、難しい顔で首をひねった。

泥棒氏の登場により、華沙々木の推理が外れていたことが明らかになってしまったのだが、彼は「一世一代の不覚だよ」と言っただけで、それほどショックを受けているようではなかった。きっと根が無責任なのだろう。菜美も菜美で、華沙々木の推理もたまには外れるのかと、逆に感心でもしているような顔だった。どうやら僕が一人で無駄に心配していたようだ。ほどなくして、住職が呼んでいたパトカーが到着し、泥棒氏は警察官に連行されていった。それからどうなったのかは知らない。

ふたたび、住職と宗珍は本堂の前で僕たちを見送ってくれた。

菜美はギターを担ぎ、華沙々木は自分で綺麗に泥を洗い落とした蜜柑を、ビニール袋一杯に持っていた。

これにて一件落着のはずだったのだが、僕には一つだけ気になっていることがあった。それは、菜美が貯金箱を盗んだというのが自分の勘違いだと知ったときの、宗珍の態度だった。

——いいです、僕、このままで。

彼は何故、あえて罪を被ったままでいようとしたのだろう。

その答えは、宗珍が自ら教えてくれた。

僕たちが住職に頭を下げて寺をあとにしようとしたとき、

「ぼっ僕——」

彼は唐突に告白したのだ。ずっと我慢していたものが、とうとう抑えきれなくなったように。何の前置きもなく、顔を真っ赤にし、直立不動の体勢で。

「僕、嫌だったんです。ほ、ほ、ほっ本当はあの貯金箱が嫌だったんです」

「宗珍……？」

「いつもお父さんが、亡くなった奥さんの話を懐かしそうにしているのが悔しくて。哀しくて。だから、テレビの上に飾られている、あの貯金箱を見るのが嫌だったんです」

急に宗珍の両目から、ぶわりと涙が溢れた。

「あそこにはラブレターが入っているんだなんて言って、お父さんがいつも目を細めて見ているのが嫌だったんです。華沙々木さんは、僕があの貯金箱を、お父さんの本当の子供のように思って憎んでいたと言いました。あれは間違いじゃありません。本当なんです。僕はあれがなくなってくれればいいと思っていました。僕はほんとの子供じゃないから。お父さんと血がつながってないから」

だから、だから、と言いながら宗珍は細い咽喉を震わせた。

「だから泥棒が入ってあれを割っていったことを知ったとき、僕は心の中で喜んだんです。僕は喜んだんです」

そして、宗珍はその場に立ったまま声を上げて泣いた。両手を身体の左右に垂らし、顔を上に向けて、ひくひくと息をしながら。

そうだったのか。

宗珍が罪を被ったままでいようとした理由が、ようやくわかった。彼にとってみれば、あの貯金箱を割ったのが泥棒であっても自分であっても、同じことだったのだ。なくなってほしいと願っていたから。そして実際になくなったとき、心の中で喜んでしまったから。

「宗珍」

住職が静かに呼びかけた。しかし宗珍にはその声がまったく聞こえていないようで、わあわあと泣きつづけている。すると住職は大きく息を吸い込み、その場にいた全員の鼓膜がびりびり震えるほどの声で、もう一度息子を呼んだ。

「宗珍！」

短く痙攣するように、宗珍は身を強張らせた。口を半びらきにして、恐る恐るといった様子で父親の顔を仰ぎ見る。住職はゆっくりとした仕草で息子に身体の正面を向けた。風の音も、木々の葉鳴りも、遠くで鳴いていた鳥の声も、すべてどこかへ消え、あたりは完全に静まりかえっていた。聞こえてくるのは、低い、深い、住職の静かな囁きだけだった。

「泣かなくていい」

とても厳しい目で、住職は息子を見据えていた。

「泣くのはな、宗珍。人が泣くのは、取り返しのつかないことが起きてしまったときだけでいいんだ。だからお前は泣かなくていい。泣いてはいけない。……わかったな？」

言われたことを懸命に咀嚼するように、宗珍は肩で息をしながら住職の顔をじっと見返していたが、やがて唇を細かく震わせ、小さな顎を引いて頷いた。

住職は懐にそっと手を入れた。

「お前に、こいつを見せてやろう」

取り出したのは、あの貯金箱に入っていた、折りたたまれた便箋だった。

「この手紙は、たしかに死んだ妻からのラブレターだ。でもな、宗珍。宛先はわしじゃない。これは、わしとお前への手紙なんだよ」

不思議そうに、宗珍は両目をしばたたいた。住職は便箋を丁寧にひらき、宗珍の顔の前にそっと差し出す。読んでみろという仕草だったが、宗珍が反射的に上体を引いて目をそらしたので、小さく溜息をつき、彼はそれを自分の顔の前に持ってきた。

「本当は、あなたとずっといっしょに暮らしたかったのに、とても残念です。でも、治らないものはもう仕方がないと、このごろはようやく諦めがつきました」

ゆっくりとした、単調だが温度のある声だった。

「一つ、お願いがあります。あなたは子供が好きだから、わたしが死んだあとはきっと誰かと結婚して、子供をつくってください。どうか、わたしのことは気にしないでください。遠くから、わたしはあなたと、あなたの新しい奥様と、あなたの子供のことを見守っています。みんな、どうか幸せに暮らしてください。ときにはケンカをしたり、冗談を言い合いながら、いつまでも楽しく暮らしてください。どうしてか、いつかあなたに子供ができるとしたら、男の子なのではないかという気がしています。いろんな意味で、そうであってほしいとも思います。もし本当に男の子ができたら、きっと仲のいい親子になるのでしょうね。たとえ自分の子供じゃなくても、わたしは天国から、そんなあなたたちを見るのが楽しみです。本当に、楽しみです」

読み終えると、住職は手紙を折り目どおりにそっとたたみ、また懐に仕舞った。そして、うつむいて黙り込んでいる宗珍に訊いた。

「お前、蜜柑は好きだろう?」

急に訊かれ、宗珍は涙に濡れた顔を上げた。僕たちにも、その質問の意味はわからなかった。

「いいか宗珍。いつか教えたとおり、蜜柑はな、あれは接ぎ木で増やすんだ。うちの畑の蜜柑の木も、枝になる実は温州蜜柑だが、根や幹は温州蜜柑じゃない。紀州蜜柑だ。でも美味いだろう？」

宗珍はこくりと頷く。

つるつるに剃られた息子の頭に、住職は優しく掌を置いた。

「考えてみろ、宗珍。その美味い温州蜜柑の実が、自分の幹や根は温州蜜柑じゃないなんて悩んでいたら、笑い飛ばしてやりたくなるとは思わんか？」

宗珍は答えられず、ただ口許を引き締めた。

「わしなら笑い飛ばすだろうな、そして、もし自分が紀州蜜柑だったら、頭に来るだろう。悩んでいる温州蜜柑を、笑い飛ばすのではなく、叱り飛ばしたくなるだろう」

穏やかな顔と、穏やかな声だったが、住職はきっとそのとき宗珍を心の底から叱り飛ばしていたのだ。そしてそのことは、宗珍にもわかったようで、彼はじっと父親の目を見返したあと、静かに頭を下げた。

長いこと、そのまま下げていた。

「やはり僕の推理は、まったく外れていたわけではなかったんだ……」

「え、何が？」

「だから、宗珍くんがあの貯金箱を割ろうとしたってことだよ。僕の推理のとおりだったじゃないか」

「ああ、そうだな」

「さすが華沙々木さんね」

本気なのかどうなのか、菜美が言うと、華沙々木はにやりと唇の端を上げて嬉しそうな顔をした。

もう、いいかげん菜美を家に帰さなくてはいけない。本堂の屋根にとまったカラスの鳴き声をきっかけに、僕たちは三たび辞去の挨拶をした。ただし今回は、ごく軽く。住職もまた、気軽な仕草で応じた。宗珍はとても恥ずかしそうな顔をしながらも、礼儀正しく頭を下げた。

駐車場の軽トラに向かう途中、ふと思い出した。

「ねえ菜美ちゃん、そういえば、あれ何だったの？」

小声で訊いてみる。

「ほら今朝、居間で言ってたでしょ。僕がしっかりしなきゃ駄目だとか何とか」

ああ、と菜美は前に向き直り、揚々とした足取りで先を行く華沙々木の背中を見た。しばらく黙っていたが、やがて小さく笑いながら言う。

「いいじゃない、細かいことは」

けっきょく、よくわからなかった。

もしや、という思いがないでもなかったが、それを考えはじめてしまうと、これまでの出来事をいろいろ総ざらいして頭をひねることになりそうで、僕はその疑問をすっぱり忘れることにした。

「日暮くん、きみは荷台で蜜柑を守っていてくれるかい」

「また荷台かよ」

「なるべくゆっくり運転するからさ」

荷台に乗り込む前に、僕は黄豊寺を振り返った。住職と宗珍の姿はもうない。寺の屋根には雪がまだらに溶け残っていて、いちばん手前の一塊《ひとかたまり》が、ちょうど前庭へ向かって滑り落ちていくのが見えた。カラスが屋根のてっぺんにとまっている。そのすぐ隣へ、もう一羽が下りてきて並んだ。屋根の向こうには、昨日僕たちが剪定鋏を片手にわいわいやっていた、あの蜜柑畑がある。蜜柑畑の上には冬の青空がどこまでも広がっている。

誰も、何もしていないのに、いつまで見ていても飽きない景色だった。

綺麗だな、と思った。

解説

米澤穂信《よねざわほのぶ》
（作家）

道尾さんとは以前、トークイベントでご一緒したことがある。渋谷で行われたイベントで、話題は都筑道夫《つづきみちお》に向いていった。『雪崩連太郎《なだれれんたろう》全集』についてのんびり話をしていたと思う。そうして予定時間も半ばを過ぎた頃、道尾さんが聴衆席に向かい、不意にこんなことを言い出した。

「ところで、この席に着いた時と今とでは違っている所があるんだけど、どこだかわかりますか」

私は吹き出した。実を言えば、事前に種《たね》を聞いていたのだ。確か、シャツのボタンか何かを外して、それに誰かが気づくか話題に出そう、というようなことだった。まさか本当にやるとは！

しかし、続く道尾さんの言葉には、本当に驚かされた。

「嘘です。本当はどこも変わってないんだけどね」

これは実に見事な嘘だ。時宜《じぎ》を得ていた。イベントの最中にゲストの何かが変化しているというのは、トークイベントの余興としていかにもありそうな仕込みである。あの嘘に騙《だま》されなかった人が、聴衆の中に一人でもいたとは思えない。

だが何よりも、やさしい嘘だった。

嘘はその場にいた全員を騙したが、楽しませるだけだった。誰かを貶《おとし》めたり傷つけたりはしなかったのだ。何と難しいことを、易々《やすやす》とやってのけたものか。

この一件で私は道尾さんを、嘘の達人だと確信した。

小説家としての道尾秀介もまた、おそろしく嘘の扱いが上手い。

たとえばかの傑作『向日葵《ひまわり》の咲かない夏』はこの上なく純粋な嘘の物語と解釈することも出来るだろうし、たとえば「箱詰めの文字」（『鬼の跫音《あしおと》』所収）の恐るべき結末は幾重もの嘘で導かれた。道尾秀介の作例を挙げれば挙げただけ、巧みな嘘の例を挙げたことになる、とさえ思えるほどだ。そして連作短篇集である本書、『カササギたちの四季』でもまた、嘘の達人の技量は存分に発揮されている。目立つところでは、それは本作の構造に現れている。

ミステリの体裁を採る本書において、各短篇は「事件の発見」から「検証と推理」へという定型を辿る。そしていったんは「不完全な、あるいは誤った解決」が提起され、その後で物語は「真の解決」へと進んでいくことになる。この、一度は不充分な推理が示される展開そのものは定番と言っていい。しかし道尾秀介は、そこに一工夫を凝らしてみせる。

本作の語り手は、ある理由から「不完全な、あるいは誤った解決」を肯定しなければならないと考えている。誤謬《ごびゅう》を充分に理解しつつも、その解決は正答であると嘘をつかねばならないのだ。そして彼は、嘘が露見しないよう糊塗《こと》するために「真の解決」を求めることになる。――つまり本作において推理とは、真相を求める行為であると同時に、嘘を補強する作業でもあるのだ。

これほど倒錯《とうさく》した構造を斧鉞《ふえつ》の跡を留めずに書ききってしまう技量は、実に水際立っている。しかも、この構造はミステリにおける「なぜ謎を解かねばならないのか」という問題への有効な回答になっており、物語と謎解きを馴染《なじ》ませる効果も大きい。語り手が嘘のために見えざる努力を続ける姿は、つい応援したくなる温かみに満ちている。

だが、本作における嘘の真髄《しんずい》は、もっと奥深いところにある。

本書の登場人物たちは、よく嘘をつく。男も女も、大人も子供も嘘をつく。

そしてミステリにあってもっとも嘘をつく必要に迫られているのは、言うまでもなく「犯人」だ。彼らは自らの犯行を隠蔽《いんぺい》し、あわよくば他人に罪をなすりつけるため、嘘をつく。

だが本作にあって、「犯人」がついた嘘はどのようなものであったか？

彼らは皆、他人を害したり、不当な利益を得たくて嘘をついたのではない。

ただ彼らは、どこかで間違ってしまった自分の人生を、ほんの少しだけ取り戻そうとしているだけなのだ。進んでしまった時間を僅《わず》かに巻き戻したくて、彼らは嘘をつく。

それゆえに、本作の「解決」には一種独特な感慨が漂う。もし、語り手たちが謎を解こうとさえしなかったら、「犯人」たちの嘘はそのまま露見しなかったのではないか。語り手たちの捜査と推理こそが、彼らの嘘を、ひいては幸せへの願いを阻害してしまったのではないか……。

だが、語り手にも言い分はある。彼もまた彼自身の目的のために、嘘をつきとおさなくてはならないことは先に記した。その、お互いを傷つけるつもりはないのにどうしようもなく生じてしまう緊張関係が、本書の物語を形作っていく。

願わくば、この物語が終わった後も、「犯人」たちの嘘が決定的な破綻《はたん》を迎えることがありませんように。一読し、そんなことを思った。


各話について、一言ずつ蛇足を申し添えたい。

まず「春　鵲《かささぎ》の橋」。あまり嘘という言葉にこだわりすぎるようだが、子供の嘘の書き方がとても良い。小賢《こざか》しい工夫を凝らし、形だけの説得力はあるものの、最初からばれてしまっている。子供には子供の嘘を、そして大人には大人の嘘を。それを書き分ける力は、後の「秋　南の絆《きずな》」でも印象的に発揮されている。

「夏　蜩《ひぐらし》の川」では、一瞬の描写に息を呑んだ。語り手たちが家財道具を運び込むのに対し、作中の女性がその置き場所を指示していく。その家具の置き場所が、物語の終盤になっていきなり意味を持ってくる。家具をどこに置くのかという些細《ささい》なことから、他人に対して無神経であるとはどういうことかを、ややもすると読み落としそうなぐらいにさりげなく描いていく。こうした細部に、道尾秀介の人間観察力の一端が現れている。

「秋　南の絆」は、本書中の白眉《はくび》だろう。互いを思いやりながら、その思いを真っ直ぐに届けられない、真っ直ぐに受け止められない人々の姿が、一つの事件を通じて浮き彫りになっていく。そして、たとえ「事件」が解決したとしても、その噛み合わなさは何も変わっていかない。「犯人」のかなしさが、とりわけ胸に迫る一篇だ。

そして「冬　橘《たちばな》の寺」。なぜそこなのかと言われそうだが、実は、掉尾《ちようび》を飾る話に小悪党を登場させたところに構成の妙を感じた。この世には、才知とやさしさだけではどうにもならないことがある。それを織り込むことで、小説世界が外に向けて開かれていく感じがする。

そして末尾にほのめかされるとっておきの嘘も、もちろん味わい深い。

人間の本性は、そうしたものがあるとすればだが、どうした時に浮き彫りになるだろう。酒を飲み過ぎた時、忙しくなり過ぎた時、怒りに呑まれた時、眠い時。さまざまな場面で人間は我を失い、おのれをさらけ出す。

一方で、理性による強固な防御が崩れる瞬間にもまた、人の本性はあらわになるだろう。知恵を絞って小細工を施し、都合のいい物語を練り上げて嘘をつく。その嘘がゆさぶられ、ほころび、ついには露見した時にもまた、人間の心はあからさまになる。道尾秀介はその瞬間を捉えようとしているのではないか。彼の小説を読んでいると、ふと、そんなふうに思うことがある。

そして「嘘が露見する瞬間」を通じて人の本性を描こうとするならば、当然のことながら、嘘を仕込む過程と露見する過程を丹念に描く必要がある。そのプロセスは、いわゆるミステリの技法に馴染むものでもあるだろう。

だからこそ、道尾秀介が小説を通じてなにものかを描こうとする際、彼は時おりミステリの形を用いるのではないか。彼にとって、ミステリとは人間の本性を裸にする、一つのツールなのだと思う。

かつて私は連城《れんじょう》三紀彦《みきひこ》の小説を読み、ミステリであることは小説としての何かを諦めなければならないことを意味しない、と思った。

いま道尾秀介を読み、同じことを再び確信している。

初出
鵲の橋　「小説宝石」二〇〇八年五月号
鯛の川　「ジャーロ」三十二号（二〇〇八年七月）
南の絆　「ジャーロ」三十五号（二〇〇九年四月）
橋の寺　「ジャーロ」三十八号（二〇〇九年十二月）

二〇一一年二月　光文社刊

光文社文庫

カササギたちの四季《しき》
著 者　道《みち》 尾《お》 秀《しゅう》 介《すけ》

2014年2月20日　初版1刷発行
2019年7月10日　3刷発行

発行者　鈴　木　広　和
印　刷　萩　原　印　刷
製　本　ナショナル製本

発行所　株式会社 光　文　社
〒112-8011　東京都文京区音羽1-16-6
電話 (03)5395-8149　編　集　部
8116　書籍販売部
8125　業　務　部

落丁本・乱丁本は業務部にご連絡くだされば、お取替えいたします。
ISBN978-4-334-76692-4　Printed in Japan

組版　萩原印刷

少女ノイズ　三雲岳斗
グッバイ・マイ・スイート・フレンド　三沢陽一
少女たちの羅針盤　水生大海
冷たい手　水生大海
プラットホームの彼女　水沢秋生
「探偵文藝」傑作選　ミステリー文学資料館編
「探偵倶楽部」傑作選　ミステリー文学資料館編
古書ミステリー倶楽部　ミステリー文学資料館編
古書ミステリー倶楽部Ⅱ　ミステリー文学資料館編
古書ミステリー倶楽部Ⅲ　ミステリー文学資料館編
甦る名探偵　ミステリー文学資料館編
さよならブルートレイン　ミステリー文学資料館編
電話ミステリー倶楽部　ミステリー文学資料館編
名探偵と鉄旅　ミステリー文学資料館編
大下宇陀児　楠田匡介　ミステリー文学資料館編
甲賀三郎　大阪圭吉　ミステリー文学資料館編
少女ミステリー倶楽部　ミステリー文学資料館編

少年ミステリー倶楽部　ミステリー文学資料館編
ラットマン　道尾秀介
カササギたちの四季　道尾秀介
光　道尾秀介
赫眼　三津田信三
聖餐城　皆川博子
海賊女王（上・下）　皆川博子
ポイズンドーター・ホーリーマザー　湊かなえ
密命警部　南英男
疑惑領域　南英男
無法指令　南英男
姐御刑事　南英男
爆殺　南英男
殉職　南英男
警察庁番外捜査班　ハンタークラブ　南英男
主犯　南英男
便利屋探偵　南英男